民國文化與文學^{研究}^{文叢}

十 六 編

李 怡 主編

第 **16** 冊

王余杞研究資料（下）

楊華麗、李琪玲、劉海珍 編著

國家圖書館出版品預行編目資料

王余杞研究資料（下）／楊華麗、李琪玲、劉海珍 編著 --
初版 -- 新北市：花木蘭文化事業有限公司，2023〔民112〕
目 4+160 面；19×26 公分
（民國文化與文學研究文叢 十六編；第16冊）
ISBN 978-626-344-538-3（精裝）
1.CST：王余杞 2.CST：傳記 3.CST：文學評論
820.9   112010657

特邀編委（以姓氏筆畫為序）：

丁　帆	王德威	宋如珊
岩佐昌暲	奚　密	張中良
張堂錡	張福貴	須文蔚
馮　鐵	劉秀美	

民國文化與文學研究文叢
十六編 第十六冊   ISBN：978-626-344-538-3

王余杞研究資料（下）

編　　者　楊華麗、李琪玲、劉海珍
主　　編　李怡
企　　劃　四川大學中國詩歌研究院
總 編 輯　杜潔祥
副總編輯　楊嘉樂
編輯主任　許郁翎
編　　輯　張雅淋、潘玟靜　美術編輯　陳逸婷
出　　版　花木蘭文化事業有限公司
發 行 人　高小娟
聯絡地址　235 新北市中和區中安街七二號十三樓
　　　　　電話：02-2923-1455 ／傳真：02-2923-1452
網　　址　http://www.huamulan.tw 信箱 service@huamulans.com
印　　刷　普羅文化出版廣告事業
初　　版　2023 年 9 月
定　　價　十六編 18 冊（精裝）台幣 45,000 元

王余杞研究資料（下）

楊華麗、李琪玲、劉海珍　編著

目

次

第三輯　王余杞研究評論文章選編

致荒島半月刊的同人〔註1〕

達夫

近來的生活，正同住在荒島上的人一樣，孤寂得可憐，所以你們寄贈給我的《荒島》半月刊第六期，竟從頭至尾的細細味讀了。自第一至第五期，我非但沒有見到，就連荒島半月刊這一個名字，也不曾聽到過。但讀了第六期後，倒很想並前幾期的也拿來一讀，不曉得你們還有剩餘的東西沒有？

第六期裏，以王余杞先生的 A Ceredy〔註2〕為傑作，其餘的小品，都很好。

因為你們的刊物上沒有通信之處，所以只好借大眾文藝的通信欄來登此短札，刊出後希望你們能將前幾期的刊物郵寄給我，我尤在等讀王余杞先生的作品。

一九二八年十月二十日達夫敬上

〔註 1〕發表於《大眾文藝》第 3 期，1928 年 11 月 20 日。該文是《通信兩件》之一，另一篇是《覆愛吾先生》。
〔註 2〕應為 A Comedy。

《惜分飛》序一〔註1〕

郁達夫

　　我的認識王余杞先生，是在讀了《荒島》半月刊上的王先生的作品以後。記得最初讀到的是第六期上的「A Comedy」。那時候我正在和朋友出一個無聊的雜誌，所以就借了那雜誌發表了一封公開的通信，要求《荒島》社把從前我所沒有見到的幾期也寄給我，好使我有一個細細味讀的機會。後來該社同人果然殉我之請，把《荒島》一至五期都寄來了，同時也接到了王先生和翟先生等的信，從這些信裏我才知道了他們有改組「徒然社」的意思。以後，我和朋友出的那雜誌，也因為消路不好而停刊，我自己又懶不過，於接到了幾期徒然週刊之後，也竟和他們的通信斷絕了。最近由春潮書局寄來了一束原稿，翻開來一看，原來就是王先生的全稿《惜分飛》，係打算在春潮書店出版的。書店的同人，因為我和王先生有前面所說的那麼一段姻緣，所以想教我為王先生寫幾句序文。我因為對王先生的作品也保有十分的敬意，所以就想在這裡寫它幾句。

　　惜分飛這書的內容和好處，已由朱大枏先生在他的序裏說盡了，我可以不必再說。這小說的緣起經過和背景，也有作者的自序在那裡說明，更用不著我這門外漢來多一句嘴。我所想說一說的，就是這小說當革命文學盛行的現在，也不曾失去的它的存在理由。

　　原來文學這一件玩意兒，若照英國 M. Arnold，Henry Hallam，Henry Thomas Buckle 等說起來，則它所包括的範圍很廣很廣，凡一切廣告，傳單，口號，命

〔註1〕寫於 1929 年 5 月，附在 1929 年 7 月 15 日上海春潮書局出版的《惜分飛》書前。後收入王余杞著、王平明、王若曼整理《王余杞文集》（下），花山文藝出版社 2016 年版，第 639～640 頁。現據春潮書局版錄入。

令，新聞記事，甚至於政府所出的告示，學堂裏所用的代數幾何的教本等，都可以稱作文學的。可是同時又有一位英國人湯麥斯，提，崑塞 Thomas de Quincey 卻在把文學分作智的文學（The Literature of Knowledge）與力的文學（The Literature of Power）。他的意思是說「智的文學系著重在教訓與宣傳，使我們能夠得到智識，而力的文學是重在使我們感動，係由享樂，同情等比較高一層的知力來說話的。」兩種文學各有它們的好處，各有它們的存在的價值，我們不能說有了這一種就可以不要那一種，正彷彿和我們既有了一隻右眼，也必須有一隻左眼一樣。《惜分飛》是後一種的文學，是「力」的文學。在它這幾萬字裏，雖然沒有口號，沒有手槍炸彈，沒有殺殺殺的喊聲，沒有工女和工人的戀愛，沒有資本家殺工人的描寫，然而你一直的貪讀下去，你卻能不知不覺地受到它的感動。有時候會感到快樂，有時候會感到悲哀。我以為一篇作品，能夠直訴到你的感情，使你讀了它能夠為它所動一動，不管你是喜也好是哀也好，總之你讀了會被它動一動，那這作品就可以說是成功的作品了。《惜分飛》在這一方面，卻可以說是已經成功的，雖然是很弱，雖然是不十分強而有力。

作者王余杞先生，和我並沒有一面之緣，我不過在雜誌上和郵筒裏同他通過了幾封信。不過王先生的將來，我覺得一定是不可限量的。《惜分飛》這一部小說，我也覺得是一九二九年中間所看到的最好的小說中的一部。

別的話不想說了，在這序文的末尾，還是讓我們來向王先生進一句忠言，祝他的今後的努力奮進，祝他的為中國將來的新文藝而自重自愛罷！

一九二九年五月郁達夫序

《惜分飛》序二 [註1]

朱大枏

　　這是一部寫婦女心理的精細而深刻的著作。從一個丈夫的觀察點寫他的妻子，和結婚以前的 Fiancée，訂婚以前的情人；和結婚後變了心的婦人。這部書就寫一個婦人的四個時期的變化。

　　第一個時期的女人，在男子的眼光中看來，他有的是仰攀不上的尊嚴，捉摸不住的性情，和分析不開的美質。因此，增加了她的自傲，她覺得她臉上罩著一層祥光，腳下襯著一片彩雲，語音裏裏挾著一種威力，使男子不由不對他膜拜，向她追逐。可憐，這時候男子抱著一腔摯愛的熱情，同時忍受著懼怯的重負、亟欲進前，又不禁畏縮；她呢，則以嬌貴的身份和鶻突的手腕來擺弄這虔誠的求愛者。

　　第二個時期，男子已經追上了，捉住了她。從前的高遠，現在低落了，逼近了。他可以像摩挲一件精緻的玩具似的，把她放在手裏把玩，她呢，自知道落到男子手裏之後，只好伏伏帖帖地容忍別人的玩弄，她漸漸從一個尊嚴的天使變成一個柔順的動物。

　　第三個時期，男人不惟取得她的情感，還佔有了她的身體。於是她感到悲哀，感到恐怖，她未來的命運完全把握在別人的手裏，也許一鬆手會摔一個粉碎。她得到憑依，也失去了憑依，她不能再依恃她自己的一切。祥光消了，彩雲散了，威力滅了，她只有宛轉如意地去侍奉她的丈夫，用柔聲去媚他，用哀啼去動他，她完全成了一個柔順的動物。

〔註 1〕附在 1929 年 7 月 15 日上海春潮書局出版的《惜分飛》書前。後收入王余杞著，王平明、王若曼整理《王余杞文集》（下），花山文藝出版社 2016 年版，第 641～642 頁。現據上海春潮書局版錄入。

第四個時期，她在感到自己的危害之中，同時由於自己的敏感發現了對方的劣質，漸漸收回給予的愛情，漸漸轉移到另一個人身上，漸漸連她的身體也獻給新歡。最後，發現了這愴心的隱秘，她的丈夫在哀慟惋歎之後，從他自己的堅毅的意志，和偉大的情感的領導，給予那兩個私情者以結合的便利，他偷偷地離開了他的妻子。

全書以淺笑輕嚲的喜劇開場，而以壯烈慷慨的悲劇結局，這其間，我們含著微笑讀起，讀到後來，唇角的笑漸漸隱去，心頭漸漸緊張，緊到快要爆裂的時候，忽然一個急轉，感受到偉大的犧牲者給予的悲壯的淨化，心情展放到海樣的壯闊，掩卷，我們吐了一口長氣。

這部小說初次發表的時候，在某一個讀者群眾中，曾發生一種有趣的，同時對於作者不利的風說，這足見作者文字之魔力，虛構的材料竟能讓那幾位聰明的讀者當作事實去揣摩，這也難怪，作者原寫的是通型的人物，這種面目隨時隨地都見得到，若是要拉扯到自己身上，也許恰巧湊合。不過作者是不負責任的，他只是描寫近代婦女的一種通型。

作者和我的交誼極密，作者寫這部小說緣起和經過，和作品的背景，我都知道一點，這些，作者在自序裏都要提及的，可以略去不說，只說一點我個人的淺見。

朱大枬

《浮沉》[註1]

王余杞著　星雲出版

聞國新

　　好久不動筆寫作了。而今驟然提起這杆毛錐，真有隔世之感。至於文字的拙澀，尤其餘事。好在這不過是寫下一點關於讀完一本小說之後所起的感想：只要能忠實地敘述出來，目的便可算達到了。

　　我和余杞的相識，遠在五年以前，我們都還在大學做學生的時候。那時我們雖然不在一個學校，然而因為共同組織了一個刊物的關係，會晤的很頻繁。在許多朋友裏面，我和余杞是專寫小說的，但余杞的敏捷的產品卻非我所能及。轉瞬大學畢了業，便成勞燕分飛。我在西山教書：這幾年只寫了三二十篇小品文小說始終沒有絲毫成績。大概是因為生活稍足以溫飽，便用不著再要筆桿了吧。而余杞卻不然。在很忙迫的公務之暇，平津各處的刊物中，還不時露出他的作品。這幾點光芒，好像在暗示給我們——他的朋友們，說，看！你們都消沉了！只有我還在努力哩！今年春天，他底長篇巨製《浮沉》又印出來了。更教我十分慚愧。我把原書讀過幾遍之後，頗有幾句話要說，這一筆文債，積聚在心頭已竟有兩個多月了，欲吐未吐，今天卻要吐個痛快！

　　據我所知，余杞的《浮沉》是他底長篇小說的第二部。《惜分飛》有著長篇的事實，而採用了短篇的結構。但那樣卻好，有幾篇寫的真深刻，真幽默，我相信余杞現在便寫不出，因為它的環境變了。他底長篇的處女作，是《神奇的助力》，他自費出把[註2]的一本。當然它遠不及《浮沉》。文筆還在其次，那材料太不通俗了，失敗，這是一個大原因。

〔註1〕1933 年 6 月 19 日～21 日，《庸報》的副刊《另外一頁》的「書報評介」欄連
　　　　載了聞國新的書評文章《〈浮沉〉》（上）（中）（下）。現據該版本錄入。
〔註2〕應為「版」。

現在開始說《浮沉》的話。讀者須先明瞭，這部書的確還沒有寫完，在書的最後一頁就有作者的暗示。我認為，浮沉的真價值——正如一句極平常的話，最好的小說不僅是抒寫現在，記述現在，還要在這裡隱現著趨向未來的正當途徑——還沒有出現。它的頂點應該在後半部中的某一節。在這裡，只是毫無隱瞞地剝露現在，只是說人海中便是這樣浮沉著。而對於將來的歸宿是什麼並沒有說明。余杞前些日給我一封信，說下半部寫不寫還不一定。我即刻寫了一封回信給他，希望他集中力量寫後半部。

《浮沉》的前半部共分十九節，事實大概是這樣。張芝英是一個很可憐的女子，中學剛畢業，父母相繼亡去，自己寄居在友朋聶君媛家裏。為了性情的高傲，便脫離了聶家自立門戶。職業尋不得，只好賣文度日，因而飽受人家的白眼。一天在夜市裏偶遇吳傑，便結了婚。在這時又認識了吳傑的朋友王孝明。相處不久，吳傑便因為經濟的壓迫捨棄了她跑到南京去了。芝英受了這番刺激，又兼生活無術，便變成了一個玩世的女人而墮落起來。在這時她才認識兩個大兵——黃金鏢和張貴。兩個人聽了芝英的訴說頗受感動，尤其是黃金鏢，便合夥搶了一片油鹽店店，把錢都給了芝英，做赴南京的路費。而黃金鏢也從此被捕入獄。芝英到南京後，輾轉遇見吳傑。兩人重歸於好，但吳傑為人險詐，芝英也已深知，自己暗作防備。恰巧吳傑欲攜芝英到北平謀事，巴結上一個胡代表的親信張子安。及至和芝英相見，才知道就是大兵張貴。

在另一方面，王孝明在北平因為和君媛的愛情失敗，憤而轉變了方向，被分派到南京工作。於是又見了吳傑，並且進一步和芝英在十二萬分的戀愛著。然而，為了張貴在眼前，王孝明反被誣為反動跑到上海。不久胡代表陞官發財，張貴也夤緣著做了市長。便公然霸佔了芝英。由她幾番催促，張貴才打電報給北平釋放了黃金鏢。後來芝英終於跑脫了，聶君媛也嫁給了張貴。書到結尾，這幾個人的蹤跡是：

王孝明，張芝英在江西。

聶君媛，張貴在徐州。

黃金鏢在河南。

從這件非常複雜的情節中，作者很賣氣力地寫出人生的聚散是無常的。在第十七章裏，芝英歎息著說：「人生真是不可思議的：四處飄散，在無意間，往往又會在一起。在北平見著的人，現在卻又要一一地在南京見著了。」書

中的幾個主角，差不多全都是受了客觀的壓迫，不得不走上他們的旅路。這一點，是全書的中心思想。所以把「浮沉」二字做了書名，也便是這個緣故罷。

　　關於事實的鋪展，以張芝英最洽當。吳傑不過是個丑角。黃金鏢的出場和收結，都非常自然。但我以為自他入獄到被釋出的中節，絲毫沒有題[註3]到他，還似乎太冷落了，可以有一兩章寫一寫他的獄中生活。不過，這種□[註4]入，常常能影響到結構而趨鬆懈；余杞的不寫，當然只是一種求經濟而已。至於聶君媛，作者把她生生嫁給張貴。在文字上固然是一種譏諷，但在事實上卻覺得太巧了。

　　結構方面，我相信作者在未下筆之前一定經過一番慘淡的經營，這功績是不容忽略的。開首三章借黃金鏢張貴的事蹟，引出底下三章芝英過去生涯的總帳。跟著收起黃張二人，便直寫芝英去南京，再跑到江西。裏面夾寫何慕環的醜態，使平靜的事實間添上幾道笑紋，的確很費作者的斟酌底。總而言之，在現在的國內的長篇作品，《浮沉》的結構可以說是無懈可擊了。

　　其次關於文字上的問題，我的意見如下：

　　張芝英的確是個偉大的女子。在受了男子的欺騙之後，便轉而去欺騙男人。這真是叛逆的女性，舊禮教的罪人了。「少廢話！許你們男子逛胡同，弔膀子，討姨太太，就不許女人和人睡覺嗎？」（章三頁二七）又如「我為的是錢，你們為的是找樂——犯得上急嗎？」（同上，頁三五）這些地方，全是著墨不多，你細細讀去，自會發現他隱藏著深重的大力。

　　然而像底下這一段描寫：（這是大兵張貴的敘述），「哼哼，找樂不胡來怎麼著？乾脆點，把衣服剝了，省得我動手！」一面我又掏出四塊錢，「幹不幹？錢在這裡！」

　　她臉上紅起來了，紅得出水，眼睛裏好像馬上就有眼淚流出來。身子縮做一團，躺在我的懷裏。我抱住他[註5]，知道她橫身在抖擻，我像是抓住了一隻老鼠似的。呆著，呆著，呆了好一會，才從我身上站起來，低著頭，大概是在擦眼淚。挨到床邊，一轉身就躺下去了。

[註3] 應為「提」。
[註4] 此處漫漶不清。
[註5] 此處應為「她」。

　　這並不是寫芝英，也不是寫張貴：它是向萬惡的社會所施放的巨量炸彈。社會經濟是瀕於破產了，她們的犧牲的代價，要到什麼時候才可以取得呢？要作者在後半部中給我們一個滿意的答覆。

　　芝英因為賣身而遇見「英雄主義」的黃金鏢和「女人主義」的張貴。這會合雖巧妙而卻自然。黃金鏢和張貴的個性差得很遠，所以他們的結果截然不同了。

　　在第九頁上作者寫張貴「生來第一愛女人，除了愛女人之外都是愛女人，在他目光所能達到的地方，如果發現了一個女性，則張貴比在受營長的訓話時還注意，釘〔註6〕著兩眼，把眼前的對象看了又看，自頭至足，一點也不放過，心裏似乎有點難受，總想張開兩手，撲將過去，等到意識告訴他那是不可能的事時，又才使勁把嘴裏的涎沫吞回肚裏。除此以外，和其他的人一樣，矮小的張貴並沒有什麼特點。」這一段作者用幽默的手腕寫出張貴的個性深刻極了。底下一段申說黃金鏢的英雄主義，因為太長，不便再引了。

　　寫芝英和黃張再會時的情景，芝英並沒有多說話，她的態度的轉變，全用眼神和身體的各部動作映襯出來，這是全書描寫最好的地方，讀者不宜輕輕放過。這種精微的寫法，只在俄國的作品中我們可以見到，遠在國內張資平諸人的粗製濫造以上。

　　芝英到南京後的敘述，因為已有出色的緊張情況在前，所以略覺鬆懈了，一直到又和王孝明相會，我們的心弦方為之一振。

　　余杞寫人的本領較比惜分飛時代進步的多多了，我真自愧弗如。全書除了幾處必須的寫景句以外，沒有生湊的美麗的句子，這尤其是他文筆已漸臻老到的明證。

　　末了，還有一點題外的贅筆。《浮沉》的錯字太多。希望後半部印出時，有個精細的校對才好。（完）

〔註6〕此處應為「盯」。

新文藝作家王余杞來渝〔註1〕

記　者

王君在國內文藝界頗負時譽

其作品有《惜分飛》《浮沉》數種

　　本報專訪，新文藝作家王余杞君，年來在中國文壇上，頗負時譽，王，吾川自流井人，於民國十二年考入北京交通大學，十八年畢業後，先後服務於北寧路局等處王君文藝作品，以表現深刻著名，民國十五年時，與友人等組海濤文藝社於北京，開始發表著作，十七年，其第一創作集《惜分飛》出版，郁達夫為作序，譽為是年中國文藝界之代表品，此後王君繼續努力，作品常發表國內各著名刊物如《國聞週報》等，而業經單行之作品，則有《浮沉》，《北寧路之黃金時代》等數種，近王君為省親返川，已於日前抵渝，下塌〔註2〕南岸友人處，年來川中文藝界，消沉特甚，不識王君歸來能為此消沉已甚之故鄉文壇，略增生氣否也，〔註3〕

〔註1〕發表於《四川晨報》1933 年 11 月 6 日第 7 版。
〔註2〕此處應為「榻」。
〔註3〕原文文末即為如此。

讀《朋友與敵人》——並送余杞回川〔註1〕

聞國新

今年暑假中我去天津，曾經和余杞及現代社會編者曹與同謝天培二君有三天的歡會。余杞告訴我，決定要在今年秋後回他底故鄉——四川一次。這次回去，最大的目的並不是訪問家庭，而是在給《浮沉》下半部找到一個適宜的背景。同時他又給了我一個《朋友與敵人》已竟編為現代社會叢書之一，並且不久可以出版的消息。

前兩天便從郵局裏送到了一部《朋友與敵人》，銀灰色與天藍色交織的封面，覺得裝訂頗不俗氣。另外還附有報告說他已竟動身南下了。

《朋友與敵人》一共包含十四個短篇，雖然全都發表過，但因為發表的時間與地點差了那麼遠，所以有三幾篇我現在還是第一次看到，如《善報》《犧牲》《生存之道》《一個日本朋友》便是。在質上雖然未免其龐雜，但可以顯然地看到作者的變遷，——無論關於思想方面或是文藝本身方面。在這裡還沒有他底新作《浮沉》和《狂瀾》的意識，然而如《歡呼聲中的低泣》《生存之道》所表現，漸趨向於這條新的路是顯然的了。

老實說，如《革命的方老爺》《失業》等篇除了文字上有些可取以外，材料是不大能感動人的。還脫離不了「站在人群看狗鬥」的第三者的旁觀意識，態度是隨便的，描寫是淺近的。《楊柳青》的題材雖然好，但表現還欠清楚，讀來總覺得朦朦朧朧的。作者寫《平凡的死》與《一個日本朋友》的時候生活經驗已竟豐富得多了，小試牛刀，正預備以後奮翮高舉呢。在這過程中，《女賊的自白》算是成功了的一篇作品。余杞用女性第一身來寫的小說，這是第一

〔註 1〕發表於《北平晨報》1933 年 12 月 29 日第 12 版的副刊《北晨學園》第 621 號。

篇罷,據我所知道的。那裡面抒寫出宗法社會中對於女兒的輕視,舊禮教的畸
形,統治社會的黑暗。在短短的篇章中,這一切都裸露著。雖然字句方面還許
有斟酌的餘地,——有些覺得太短促了,不足以充分表現出「女賊」心底的幽
念罷。

至於《歡呼聲中的低泣》一篇,我認為是全集中最好的一篇了。作者不是
非戰主義者,也不是在宣傳敵人的勝利。不過像那樣的戰爭,只為一家一階級
謀幸福的戰爭是應該反對的。這思想在士兵們的聚談顯示著,還有:

> 熱烈的歡呼投射進合田夫人的心裏,更使她感到種悲哀與孤獨。
> 門外像是另外一個世界,她不似他們地獲到了什麼光榮,得到了什
> 麼勝利;到是一切傷心的事都一一地落到自己身上。——她看見和
> 她一樣運命的人們的飢餓的臉色,她看見許許多多血肉模糊的死屍
> 作了無謂的犧牲。這其間有她自己,也有她丈夫!光榮與勝利,於
> 她何有?總到外面的呼聲,更不能抑住自己的咽哽低泣。
>
> ——一三六頁

這種意識不是很顯然的嗎?

全書除了以上所說的幾篇以外,那一篇長序也很使我注意。余杞很正確的
記述《荒島》《徒然》的始末,尤其念念於千里跋涉,接洽月刊已竟成功,而
回到北平來,某國學家(?)報之以冷眼的事實(那一回的去上海,也有我在;
但我卻毫未出力。)令我們感到中國青年之不可救藥與夫國事之益不可為。甚
至,現代中國的文學家局促於經濟鎖鏈之下,仰體出版者的鼻息,成功一種資
產階級的裝飾品。……末了他說,「文學,文學家(甚而至於藝術,藝術家)
究竟值幾個錢一斤?給上海新文壇成就以來的黑暗齷齪,黨同伐異,牛鬼神蛇
照了一幀清清楚楚的相片。其實何嘗不是這樣呢?

然而,從事於文學的人應該走的是那一條路呢?

作者又說:

> 但是那不要緊:統治階級不瞭解文學不要緊,有閒階級不瞭解
> 文學不要緊,中國文學界的混亂也不要緊;一切都不要緊!自然有
> 瞭解它的人,那便是無產的大眾;自然會產生偉大的作家、那也必
> 須在這大眾中求之。大眾過的是地獄似的生活,他們時時在為生存
> 而奮鬥;他們具有火熱的情,他們具有純潔的心,他們極端需要文
> 學作品的安慰和鼓舞。偉大的作家就應該站在大眾的立場上,描書

出大眾的心理意識，充分地表現出那種偉大的力，完成文學本身所
負的使命。不必討書局老闆們的喜歡，更何勞公子小姐們的稱許？」

——第十二頁（序）

計程，如今余杞已在溯江西上的途中了。坦蕩的江流，雄渾的三峽，希望是他後半生的寫照。余杞的過去的寫作生活，已隨《朋友與敵人》俱去了。他這次回鄉，望他能把蜀鄉偉麗的背景帶來，更充實他將來作品的內容，這是我們所希冀的事情。祝他平安。

十月二十八日

編輯後記 [註1]

其一 [註2]

……文藝方面有王余杞先生的一篇創作《落花時節》，極為警雋。特此預告。

其二 [註3]

王余杞先生的《落花時節》，值得特別介紹一下。此文借天寶遺事，寫現在的國難，以杜甫的《江南逢李龜年》詩，演繹成一篇故事，杜詩的成句——如「官高何足論，不得收骨肉；」「朔方胡兒好身手，昔何勇銳今何愚？」在此文杜李的對話中越發覺得意味深長。作者的巧思，怎不教人佩服！（編者）

〔註 1〕王余杞在《在天津的七年》一文中提到：「我就寫成短篇小說《輪船上》和《落花時節》……當時王芸生主編《國聞週報》，他對《落花時節》讚揚備至，既在刊前發出預告，又在刊出時特別加以介紹。」王余杞提到的兩處評價正體現在這兩則《編輯後記》裏。

〔註 2〕發表於《國聞週報》1934 年第 11 卷第 10 期。

〔註 3〕發表於《國聞週報》1934 年第 11 卷第 11 期。

送王余杞去黃山〔註1〕

郁達夫

新涼起來的時候，最容易懷念遠地的故人。過了一個夏，猶如做了一世人；涼冷一點，頭腦清晰一點了之後，就像隔世重生的樣子，會這個那個的想起許多好久不見面的朋友來。

早晨剛發出了一封啟明先生的信，問他宋將軍回後的北地情形是如何，晚上余杞卻從天津來才；在我，正彷彿是詩人但丁，從地獄裏出來後，又到了天堂的故人的邊上，這當然是心裏高興快活的譬喻。

自從去年別後，和余杞又有一整年不見面了；平日懶得寫信，所以在這一年之間，幾乎只通了一兩次短簡。這一次他由北寧路局派赴青島，料理鐵道展覽會的事務，居島三月，事務完了，照例是有半月慰勞假給的，他就利用了這兩星期的閑暇，一枝手杖，一捲鋪蓋地來了杭州，打算上黃山去旅行了。

去黃山之約，我已經是失信了好幾次的；去年建設廳之約爽了；前天項美麗女士和邵洵美氏並且還來硬拉，一定要我參加他們的旅行團，去一上蓮花峰的絕頂；但因本月二十一日有不得已的事故，要回富春江去一行，所以終於辭卻了他們的盛意，累得連有交換條件的陳萬里先生都無意再和他們同去。現在，余杞又來約了，前後計算起來，約而未去的黃山之行，到今朝，總足足有了四五次之多；其中的原因，機緣的不巧，原是最大的理由，但我自己的內心準備的不足，與近年來身體的衰弱，也是實際的理由的兩個。

遊高山大水，是要有闊大的胸襟，深遠的理想，飽吸的準備，再現的才能，才稱合格；此外還須有徐霞客似的一雙鐵腳，孫行者似的一身本領。前兩年血

〔註1〕發表於 1935 年 9 月 21 日《東南日報》的副刊《沙發》。

氣方剛,自問雖則沒有具備著這種種資格,卻還抱有著一種不顧前後的勇氣;攀高涉險,死便埋我,此外就無問題了,所以以渺渺的一身,終也走盡了數萬里的遠路。現在衰極了,第一眼睛就不行,第二飲食起居都填入了一種深沉的軌道,移動不得了。

余杞年紀方青,寫大作品的興致還很熱烈,而又值這秋高氣爽的年時,得了兩星期的例假,青春結伴,自然正好出去漫遊;我希望你回來之後,能有三十六峰似的勁筆,將俯視長江,橫遊雲海,摘星斗,涉虯松,過閻王壁,進文殊洞的種種經歷,都溶化入你的正在計劃寫的長篇小說中。我在斗室裏,翻著前人的遊記,指點著浙江安徽的地圖,將一天一天,一步一步,想像你的進境,預祝你的成功。

黃山的地勢,我也很熟;黃山的好處,我也約略說得出來;等他年你回了四川,我或者也將去峨眉,讓我們到了長江上游,再來慢慢的談下游的勝境,過去的回思罷!現在只寫這一篇空文,略壯一壯你的行色。

二十四年九月

《創作》第三期的幾個短篇〔註1〕

白木華

　　這一期裏的《創作》包含著六個短篇小說：何家槐的《迎柩記》，白塵的《起旱》，臧克家的《債權人》，李輝英的《女人》，王余杞的《孩子的命運》，何小皎的《三種錯綜的心理》。除了何小皎為陌生的作者之外，其餘大多為文壇上大家熟識的作家。以下，算是讀後的感印吧。

　　何家槐，我們是好久沒有讀到他的文字了，這篇《迎柩記》該是他的近作吧。這是一個諷刺的短篇。如果和作者以前的作品比較，作者的瑣瑣屑屑的故事和優美的細膩的描寫在這篇裏是不大看得出的。《迎柩記》是描寫一些度過洋的所謂藝術家的人的《迎柩》的一個 sketch，而這個《柩》，是一個坐飛機而遭難的詩人的《柩》。在這篇裏，作者的主題是冀圖反映出二種不同的場面：一方面寫這些藝術家們是怎樣的悲歡著詩人的命運，「一個天才詩人死了，卻連聽也沒有聽到似的。」而另一方面則寫群眾們為時代的激流而騷動著，——請願，臥軌，以至阻礙詩人的靈柩不能如時到站。一個值得提出的地方，是作者的極力想描寫出這些所謂名流學者的藝術家的醜態。這，作者用第一人稱的寫法，以自身作為模型而給所謂作家也者作了一個漫畫：「走路老是低著頭，眼睛死釘釘的看住地面，像在找著銅板。他的頭只有一斤多重，可是那頭獅子髮，卻已有十多斤重了；他的襪子也有五六斤，因為裝滿著白虱和臭蟲。他寫文章喜歡嗅襪子，嗅著，嗅著，於是靈感就來了，又是稿費，又是名譽！他的面盆是當作馬桶用的，不但小解，而且大便……」但，這並不能算是一篇成功的諷刺小說。我以為這並不是諷刺小說的正確的路。這會變成走入於謾罵式的

〔註1〕發表於《華北日報》1935 年 9 月 27 日第 8 版。

變形的小說。幾年前張資平氏便曾借用這形式來罵他的朋友，難道我們還想用這個形式嗎？

白塵的《起旱》，嚴格地說算不得一篇小說，只能說是一篇隨筆而已。故事的組織的鬆懈，便是構成這篇的變成隨筆化的失敗處。雖然全篇的字數並不算短（占頁數二十二頁），但我們覺得前篇的大半的文字完全是多餘的。我們幾乎捉不住作者的描寫的主題究是甚麼，而直至結末處我們才能抓住它。這不是作者的失敗嗎？

《起旱》是想揭出小資產智識階級小姐們的懦弱的心理的。三個想當教師趕路去的小姐因為最後一個的黃色車膽破了，趕不上前面的二輛，於是她——盧小姐膽怯起來。她以為車夫會對她異動，行劫和小手。她不得不和氣地遷就車夫，答應給修理車膽的錢，還答應達到目的地後給他尋事。而當趕上了前面的車子後，她便把說過的一切的話置之不顧了。像這樣簡單的故事，作者竟把文字拉長得這樣，我們未免覺得作者是太浪費筆墨了。

臧克家的《債權人》是從現實中抓取題材的，寫的是現社會不景氣中的一幕悲劇。銀行倒閉，債權人末路全家自殺。我以為這是一篇寫得頗生動而緊湊的作品。主角是智識份子，方二姐，她是一個小學教員，她的丈夫是一個教育局的錄事。兩人辛辛苦苦的積蓄下來的幾個錢存在銀行，想不到因為市面的不景氣的影響，這所銀行倒閉了。而尤其是不幸的是：她三翻〔註2〕兩次的勸說她的丈夫把存在別家銀行的存款一併合存在她所存的銀行裏，而她這家銀行恰恰隔日便倒閉。於是，迫得她不得不失縱而自殺了。丈夫從局裏回來，找不到方二姐，只見孩子死死地挺在床上，他也只好相繼失縱而自殺了。然而，或許作者是一個詩人的緣故吧，我們在這一篇裏雖然覺得作者的描寫手腕還頗圓熟，但如果我們進一步要求的話，那便覺得作者的力量太薄弱了。第一，全篇故事的組織太散漫，不能令讀者感覺全篇故事的緊張。第二，把方二姐和她的丈夫寫成二個好像陌生人似的；使我們感不到作品的人物的親切。第三，結末處寫得太兀突，使讀者未能引起有力的同感。這都是作者的疏忽的地方。但，以一個詩人而能寫出這樣的一個真實的作品——從現實裏抓取現實的題材，從平凡的故事中寫出生動的場面，已是難得了。

李輝英的《女人》可以說以〔註3〕展開創作的一個新局面。作者是想寫出

〔註 2〕此處應為「番」。
〔註 3〕此處應為「已」。

一個受舊時代的勢力的脅制而走向著新時代走的女子的轉向過程。但因為作者所描寫的人物在身份上太不恰切，所以我們覺得作者是失敗的。如其以這樣的題材而來寫屬於智識份子的女性的轉向過程的話，那我以為是會收相當的成功的。然而我們也不能絕對地便說一個受舊時代的脅制的少女便不能轉向新的路向去，不過，事實上，是不是一個受舊時代的勢力的脅制的少女會那樣的容易轉向呢？這倒是一個值得考慮的問題了。

而且，美姑娘其實也不過是一個十六歲的少女，為了她到縣裏的工藝廠學了手藝——學洋針，而把她變成一個大膽的活潑的少女，是不是這樣容易呢？

從意外的事的發生，美姑娘的鎮上發生兵亂，而她竟能在這特殊的事件中選擇一個軍官——旅長來做她的丈夫，（她以前拒絕一切媒婆的議婚，因為她到縣裏不只學會了工藝，而且也學會了開通的風氣：婚姻自主）這也不是太不合事實了嗎？

最後，她自然是為了她的理想跟她的丈夫走了（因為軍隊開拔），但當她發覺她是做著她的丈夫的第三個姨太太時，她覺得她的一切的希望是完了。後來旅長暴卒，別個太太全咒罵她，說她是掃帚星，克死了男人，向她討人，便作為故事的終結，這也未免太令讀者覺得「有首無尾」了。

王余杞的《孩子的命運》在技巧上是頗輕快的，而且在內容上也十分清新。裏面借兩個故事的叙述反映出現實的社會裏的悲慘的兩個孩子的命運。第一個是在逃難的孩子，因為無暇顧及而遭死亡。第二個是因生活的壓迫而不得不出賣著她的尚未成年的生命力。她其實是不過一個孩子，然而因為一家人的生活的重擔都加在她的身上，她便也做起鼓姬來了。這使我們想起現社會裏的不幸的孩子的命運來。

自己讀後是很受感動的。這是這一期裏值得推進的一篇。故事的清新與技巧的輕快是這一篇的特色。

至於最後一篇《三種錯綜的心理》，作者何小皎雖為一個陌生的名字，但作者圓熟的描寫手法，是看不出若干的缺憾的。這是一個心理描寫的短篇。在這一期裏又是展開了另一個題材。但因為篇幅的限制，我不想再說了。

總之，這一期裏的幾個短篇，從大體上說，是過得去的。我們期望著它在文壇上努力吧。

天津文壇動向〔註1〕

李彥文

《海風》將由王余杞主編

《文藝畫報》等定本月創刊

　　天津，這畸形的北方都市，由於商業氣氛的過分沉重，已難於培植文化的生長。特別是其中最敏感的一部門——文藝——過去文壇的沈寂和枯燥，這實在是最根本的原因。

　　文藝離不開印刷，故此和出版家的關係，也至為密切，然而說來可憐，天津幾乎沒有出版家，有的是幾家書業商，能把外埠出版的書籍和雜誌迅速的運到天津，便算是盡了他們的責任，毫無野心且也沒能力辦到自家出版書報的地步。此外讀者也非常稀少，除了少數的年青學生還不時徘徊書店門前，流覽著陳列的新書，也有時選購一兩冊之外，其餘的智識份子，多半陶醉在書報和娛樂之中。這由於讀者的缺乏和出版家的無有，居留在天津的文藝工作者，只能相率的到外埠去開拓生命，愈加形成天津文壇的沈寂和枯燥。

　　過去天津文壇裏，還留給讀者一個良好和深刻印象的，只有王余杞董秋芳合編的《當代文學》。還有一種出版期間不定的《人生與文學》。而於去年十月十日創刊的《海風》（原名詩歌小品），算是異軍突起，為沙漠似的天津文壇開出了一朵燦爛之花，該雜誌由「海風社」出版，月出一期，選稿人以居留天津的文藝工作者為主幹，並有外埠的文藝青年和作家持筆，現已出至六期，五六期係合刊，內有詩歌討論特輯及普希金百年祭特輯。前者有王統照的談詩，雷石榆的詩歌的語言及表現法，王亞平的新詩的語彙，劉白羽的國防底主題並沒

〔註1〕發表於《庸報》1937年4月7日第9版。

有激動詩人們，董秋芳的有色彩的詩等。後者由孟英，曹鎮華，蒲風等執筆。此外並有田濤等的散文，何飛音等的創作，萬曼等的譯詩，張會川等的詩作等，內容充實，聞自第七期將改由王余杞主編。該社除刊行《海風》月刊外，並出版叢書第一輯十冊，第一冊為張秀亞的短篇集：《在大龍河畔》。第二冊為簡戎，白瑩的散文集：《海河，夜之歌》，均已出版。第三冊為邵冠祥的詩集：《白河》，聞業已付印，這算是天津出版界的一支生力軍。

關於翻譯一方面的有「生活知識出版社」，出版《高爾基全集》，現已出第一種。也是值得注意的。

此外天津文壇正有兩種新型刊物在醞釀著。

第一是《文藝書報》，「激流社」出版，簡凌等主編，內容刊載小說，散文，隨筆，詩歌等文藝創作，尤其注意在文藝新聞這一類報導文學，每期刊登名家木刻，藝術攝影，作家近影，名劇照片等，圖文並重，每月出版一大張，聞將於四月一日創刊。

第二是《新詩刊》，陳玉琳主編，為一大型詩刊，專登載詩歌論文，創作，翻譯，消息等類文字，企圖聊絡全國詩歌作者共同努力，並為天津詩壇立一穩固的基礎，不徒事鼓吹與自我宣傳，將己成績作為忠實的證人。聞亦於四月初創始。

這些蓬勃的新生刊物，都有著光明的前途，倘能努力克制當前的困難，為永久的將來計，天津的文壇將不再被人稱為「沙漠版」的了。

《自流井》廣告

一、自流井〔註1〕

長篇小說　王余杞著，成都東方書社出版

本書是一部鄉土文學作品，寫出了一家豪族由興盛而衰敗的故事。一般地說，生產手段提高，經濟條件改易，封建家庭沒落，自是必然之理，在自流井亦並不例外。本書便細寫出了那沒落的過程。文中並且穿插著鹽場辦井灶的各項情況，更足使讀者多獲得一些井鹽知識，不為無益。

二、自流井〔註2〕

長篇小說　曼因著，成都東方書社版，定價　土一一〇元　粉二〇〇元

本書是一部鄉土文學作品，寫出了一家豪族由盛興而衰敗的故事，一般地說，生產手段提高，經濟條件改易，對封建家庭沒落，自是必然之理，在自流井亦並不例外。本書便細寫出了那沒落的過程。文中並且穿插著鹽場辦井燒灶的各樣情況，更足使讀者可獲得井鹽的知識不少。

〔註1〕1944年2月建中出版社出版《海河汩汩流》，書末附有《自流井》廣告一則。現據該版本錄入。

〔註2〕1944年3月成都東方書社出版《自流井》，書末附有《自流井》廣告一則。現據該版本錄入。

《海河汩汩流》廣告

一、海河汩汩流 〔註1〕

王余杞創作本版　下月起發表

以天津的社會為背景的作品，似乎很少見，而且幾乎不見。文人好像都薄於天津似的。最近王余杞先生為本版寫一篇長篇創作，即以天津社會為題材，名曰《海河汩汩流》。即於下月起發表。特先露布，希讀者（尤其是本市的讀者）注意！

二、海河汩汩流 〔註2〕

長篇小說　王余杞著，重慶建中出版社版　定價　元

本書係以天津為背景，刻畫出了天津當地的風土人物，最多情趣。——國內文藝作品，以天津為背景的本來就少，而加以詳盡刻畫的尤不多見，這在本書，算是一個特色。至於書中故事，係取材於「雙十二」後到平津事變的近一年間，那一年間的天津，情形已大不同，因為天津原是敵軍在華北的根據地呀！且看那一班牛鬼蛇神在這根據地上幹著些什麼吧！

〔註1〕發表於《益世報》第7447號（1937年1月29日）第11版的《語林》第1532號。

〔註2〕1944年3月成都東方書社出版《自流井》，書末附有《海河汩汩流》廣告一則。現據該版本錄入。

《海河汩汩流》[註1]

李長之

王余杞著 二一四頁 建中出版社 三十三年二月初版 價伍拾元

    中國在近代，好諷刺小說固不易見，能寫一個地方色彩，運用那一地方的地道口語的小說，尤為少有。但我們現在卻見之《海河汩汩流》。

    原稿作於二十六年七七事變的前夕，內容卻也就是作者當時所居的天津的一個剖面。作者說因為執筆時的顧忌和報紙編輯的刪節，行文轉成艱深，然而在我們看，大體卻並不礙。這是因為作者的行文，有時似贅（如十六頁說菜多得光看已經飽了，下面卻又贅上「何況於吃」？），有時似太過（如六六頁寫吳二爺在人叢中跌到二奶奶的懷裏，竟先沒發覺那女人是誰，於是醺醺然之類），倒是需要以含蓄或洗刷矯之的。

    這部小說有果戈理風。吳二爺的小圓證章和光滑核桃，給全書生了不少色。更難得的是全書能寫一種氛圍；如他寫吳二爺：

> 只是清晨起來，嘴裏發酸，舌頭發澀，嗓子發燥；嘑嘑練過一套太極拳，嘩啦嘩啦漱過嘴，呼哧呼哧洗過臉之後，穿上大棉襖，在拿起玩慣了的兩個核桃之前，他必然提起二奶奶早就替他沏滿了壺的大茶壺，一手端著大茶碗，滿滿斟上一碗，咽咽咽地喝了下去；然後又斟上，又喝；事不過三，頂多三碗，漸覺肚子已經鼓起來，兩手捧著搖了搖，已聽得三大碗茶水在裏面晃蕩響，這才夠了。（頁二四）

〔註1〕發表於《時與潮文藝》第 3 卷第 3 期，1944 年 5 月 15 日，署名長之。後收入《李長之文集》第四卷，河北教育出版社 2006 年版，第 173～175 頁。現據初刊本錄入。

又如寫那胡同：

> 滿胡同裏充滿了嘈雜聲，賣報的來了，賣青菜蘿蔔的來了，賣
> 羊肉的也來了，都一聲聲拼命的吆喝著。換洋火的拉著沙啞的嗓子。
> 賣餛飩的敲著梆子；梆，梆；賣水壺的敲著壺底，巴，巴。一個走
> 了一個來，外面鬧後，裏面也鬧——或是小牛挨了媽媽的罵而嚎啕
> 大哭，或是吳二爺早已起來練過拳，正在那裡嘩啦嘩啦地漱嘴，嘔
> 籲嘔籲地刮舌條。（頁九九）

都好像把一個天津市裏中國地界的靈魂捉住，於是產生在其中的人物的
神情，也便自然而然地呈現給讀者了。作者所寫的地方色彩是絲毫不能改換
的，不惟不能易之以長江流域的任何都市，就是北平濟南也不對，它是不折不
扣的天津，而且是不折不扣的天津的一個角落。配合這種地方色彩，是作者之
熟練的天津話，單就天津話，讓我們讀來已經忘倦。還是抄出一段吧，這是寫
趙鐵嘴算命的！

> 「喝，這兩個八字很可以談一談；——話說在先，我可不會奉
> 承哩，您哪。」始而表出一驚，卻又馬上莊重起來。「瞧這幹造，喝。」
> 他就翻找著指點著他那本寶貝的萬年曆，「辛亥年正月初一，那天不
> 是立春？喝，跟節一塊兒來的您哪」！似乎關係重大、一派凝神靜
> 氣。「我說跟節一塊兒來的準沒錯：可是呢，要錯就沒邊兒您哪，八
> 成是個六根不全，喝。」話是一句大膽的話，不過心裏也有點計較；
> 六根不全，誰還肯給提親？到此就得使出鐵嘴的巧用。一嘴咬定，
> 當然，凝神靜氣之中，眼角依舊不住了著吳二爺蔣老三他們二位，
> 從他們的表情上證實了自己的斷語不虛，加上幾分得意，才又洋洋
> 地接下去：「正月初七午時，喝，午時。您哪，立春可是在戌時三刻。
> 這八字就另有說法了您哪，時辰在節前，不得算年頭生人，對不對？
> 這就叫作辛亥生人，庚戌論命！」（頁一〇四）

這和現在一般流行的土語文學又不同，那些用土語的作家不過是在生硬
的歐化文之中，填上幾個方言的名詞，又自己加上注而已，全文的生動便全失
了！這卻不然，乃是神氣活現的地方語，在以前的創作中是少見的。

全書的生動，還有兩個得力處：一是它的人物單純，卻又色色俱全，糊裏
糊塗作了漢奸的吳二爺，卻有一個參加抗日戰爭的兒子壽生，又有一對搬往租
界享樂的兄弟及弟婦，其他人物則上司，同事，聽差，妓女等，也都以吳二爺

為中心，所以全書一面能反映七七前夕的天津市各方面（包括走私和浮屍那些
醜惡而慘痛的記憶），一面卻極有線索而不紊亂。二是在這個大時代的變動的
寫照中，卻有一股時時流著的汩汩的海河，當作了全書的節奏：那代表帝國主
義的侵略的洋樓和鐵橋造起來了，海河仍然汩汩流著；春天給天津帶來了活氣
和鬧意了，但海河不管，汩汩流著；流言多起來了，人心浮動起來了，一切要
變了，而海河還是汩汩流；天熱得昏昏然，一切像不能支持，海河呢，照舊汩
汩流，最後，抗戰的意識覺醒了，海河便又在應和著，汩汩，汩汩，汩汩地流！
因為有這節奏，給全書增加了活力，增加了韻致，讓全書不只是諷刺，而且在
根底上像首詩。——民族的潛力就彷彿是那「不廢江河萬古流」的海河似的！

　　至於全書的缺點，除了有時嫌贅，嫌過分之外，便是因為採取一種鏡頭式
的敘述之故，轉換太匆促，便免不掉有輪廓模糊之處。好在那個農民血液的—
—又經過華洋雜處的都市的洗染的——阿 Q 型的吳二爺，卻始終不失其十分
明晰！

卅三年四月廿八日

《當代文學》上的兩篇隨筆
——雜誌舊話之一〔註1〕

唐　弢

　　前不久在《新文學史料》第五輯上，讀到王余杞同志《記〈當代文學〉》
一文，頗有一些題外的話想說。我對期刊的興趣很大。過去和年輕朋友合編現
代文學史，第一個要求便是不要以作家編定的單行本為滿足，而要讀一讀作品
發表當時的期刊。我以為這樣做，不僅可以看到作品的最初面目——掌握第一
手材料，又能瞭解同時代人的狀況：還有哪些人寫過同樣的題材和主題，哪些
人不同意這個題材和主題，以及為什麼這個題材和主題在一定時期內受到大
家的關切。

　　文學史要研究作家作品，但不是孤立地研究一個作家一個作品，否則就成
為作家論或者作品論了。文學史的對象是一群群作家，一批批作品，或者是這
些作家作品的無可爭議和卓有成就的代表，分析其傾向與風格，弄清楚整個時
代的特點，然後將當時的特點和以前的特點進行比較，理出文學演進的線索
來。沒有橫的時代面貌，也就寫不出縱的歷史發展。期刊在這裡可以提供許多
信息和線索，發揮很大的作用。

　　不過我當時想說的也不限於這些。《當代文學》是「左聯」時期在天津出
版而有全國影響的刊物，大概是一九三四年吧，我在陳白塵同志家裏（那時他
住在蒲石路合大里）遇見宋之的，之的同志告訴我：有個朋友在天津編《當代
文學》，大家決定支持他，要我也寫篇文章，湊湊熱鬧，我如約寫了稿。他沒

〔註1〕發表於《散文》1980 年第 4 期，後收入《唐弢近作》，四川人民出版社 1982 年
　　　版，第 122～127 頁。現據初刊本錄入。

有來取，後來知道之的被捕了，我把稿子轉給上海的刊物發表，因為沒有問明他的天津朋友的姓名。

從此我便注意起《當代文學》來。翻一翻編排樣式、刊物內容和作者陣容，人們一眼可以看出，不管編者是誰，這個刊物和上海出版的《北斗》、《文藝》、《文學月報》，北平出版的《文學雜誌》、《北國》、《文藝月報》，完全是同一個傾向，同一個旨趣，代表著同一個時代特點的刊物。在北平三個期刊相繼被禁之後，天津冒出了《當代文學》，確實是一件很有意思而又頗為惹眼的事情。

過去許多刊物大抵都以時代特點——共同傾向和共同旨趣，互相聲援，互相支持，以引起讀者的注意。《當代文學》也像《文學雜誌》一樣，除了總的特點外，為了掩護自己，故意選登一些不同流派的老作家的作品，那時候，在御用刊物上，偶而也會發現進步作家的作品，他們需要利用對方的陣地說自己的話，但進步營壘創辦的刊物，卻絕對不可能約御用作家寫稿（統一戰線時期除外），要使刊物在官方眼中通過，他們往往找一些當時認為中間偏左的作家來掩護。《當代文學》創刊號有豈明（周作人）〔註2〕的《再論吃茶》，第三期登了郁達夫《故都的秋》，都是為著這個目的而刊載的文章。對我來說，饒有意思的是，不僅我自己喜歡這兩篇隨筆，並且認為，在左翼刊物上刊載這類文章的本身，便是一個傾向，一個值得引起注意的時代的特點。

《再論吃茶》和《故都的秋》都標「隨筆」，風格相似而不一致。《再論吃茶》是一篇讀書隨筆，周作人廣徵博引，說明西漢時開始將茶葉搗爛碾碎，製成團，做成餅，放在嘴裏嚼著吃，因此，我們古人最早是吃茶而不是喝茶。到了漢末，吳蜀兩地才有人煮茶飲汁，王蒙喜歡喝茶，用以餉客，人們甚至以到他府上被迫喝茶為苦事，稱為「水厄」。以後吃的也有，喝的也有，「茶理精於唐，茶事盛於宋」，終於一代代傳了下來。陸放翁《安國院試茶》詩有小注，介紹越茶，說越地製茶，「不團不餅」，保持茶葉原來的模樣而賜以美名，曰「炒青」，曰「蒼龍爪」，不嚼著吃，也不用唐人煮茶取汁的辦法，而是撮來泡飲，叫做「撮泡茶」，那就更進一步，情形已和現在的喝龍井茶差不多。

這篇隨筆後來收入《夜讀抄》。叫做「再論」，因為在這之前，他寫過一篇《喝茶》，這回是第二篇。那時周作人的文章雖然磨盡了《談龍集》、《談虎集》

〔註 2〕從「五四」到這時，周作人的態度還一直是比較進步的，這以後就逐漸轉變了。

時期的戰鬥鋒棱，卻還多少保持一點耐人尋味的雋永的特色，等到做完「且到寒齋吃苦茶」打油詩，經林語堂一捧，左翼青年一罵，寫作第三篇《關於苦茶》的時候，筆鋒所向，矛頭對準進步陣營，那就完全是另一回事了。

至於郁達夫的隨筆，其實是一篇美麗的散文。《故都的秋》以瀟灑的筆致，寫到陶然亭的蘆花，釣魚臺的柳影，西山的蟲唱，玉泉的夜月，潭柘寺的鐘聲，晴空下馴鴿迴旋飛翔的鈴聲，槐葉縫裏漏下來的靜靜的陽光，矮牆邊喇叭似朝天開著的默默的藍色牽牛花。……景色淡泊，情意清遠。然後，一陣秋雨過後，人們見面，彼此點頭，用一種悠徐閑暇的聲調，微微歎息著對話：

「唉，天可真涼了……！」

「可不是嗎？一層秋雨一層涼啦！」

文章寫來滿紙秋意。便連北方人把「陣」字念成「層」字也給繪聲繪色地畫了出來。郁達夫說他喜歡秋天，尤其是北國的秋天，「特別地來得清，來得靜，來得悲涼。」所以他不遠千里，要從杭州趕到青島，又從青島趕到北平，來嘗一嘗這「故都的秋味」。

那時我已認識達夫。就在他北上前夕，還曾面談了一次，看到他旅途中寫的《故都的秋》，讀時分外親切。他這次為什麼北上，我已記不清楚，也許真如文章所說，為了嘗一嘗故都的秋味吧。我的印象是：他自移家杭州、築起風雨茅廬之後，很快就不安於杭州的生活，三日兩頭到上海來，似乎被魯迅《阻郁達夫移家杭州》一詩說中了似的。

《阻郁達夫移家杭州》寫於一九三三年十二月三十日，一星期後，在一次聚會上，我親耳聽魯迅對達夫解釋詩意。他說錢武肅王（鏐）統治吳越王國，殘酷剝削，老百姓窮到無衣無食，只能用一塊瓦片掩蔽下體，而國民黨在浙江的黨棍，其暴虐也不下於這個專橫的鹽梟。後來達夫受許紹棣逼迫，弄得家破人亡，隻身遠走南洋。我讀魯迅此詩，常覺悒悒不樂。但卻萬萬沒有料到，抗日戰爭勝利，達夫反遭敵人暗害，詩的第二句「伍相隨波不可尋」，不幸也竟成事實。當達夫失蹤消息傳出，我曾寫過幾首舊體詩，現在只記得其中的一首是：

> 毀家詩記讀哀哀，
> 望斷南天又幾回。
> 最是臨安潮汛至，
> 素車白馬此重來。

　　據《臨安志》載：伍子胥被吳王夫差殺害，投屍江中，錢塘潮汛，子胥素車白馬，立於潮頭。魯迅只是借這個故事做詩，以「伍相」對「錢王」，哪裏知道達夫後來在南洋也會碰上伍子胥一樣的遭遇呢。這實在令人慨歎啊！

　　我的話扯得太遠一點了。

　　豈明的《再論吃茶》一文，受到三十年代選家們重視，曾收入於幾種小品文選本；達夫的《故都的秋》，更被當作中學的語文教材，產生了很大的影響。就文章本身而論，這自然無可厚非。但當大家欣賞典雅沖淡的風格的時候，似乎已經很少有人知道：它們當年其實是為了掩護革命的時代特點──一個共同的傾向和旨趣，作為不同流派的代表而被登載在《當代文學》上的。往事如煙雲過眼，不過這也是一點歷史的陳跡哩。

一九八○年三月十日

王余杞與《自流井》[註1]

毛一波

　　王余杞（1905～1990）是中國 30 年代的作家，自然是屬於現代文學的作家。但在文學作品本身的風格上，他的詩歌小說是否足夠現代化，那是另一問題。因為現代化的意義複雜，具有其時代精神，至少在其感性上是屬於現代世界的。

　　余杞生於清光緒三十一年（1905）三月九日的四川省自流井（現自貢市）。傳說是為了紀念其某先祖姓余氏，故後代子孫改稱王余，成為雙姓。一說余字可能是派名。他和我小學同窗，學友中便有叫王余鐸、王余濱的。那是王氏私立樹人學堂。清光緒初年設在距自流井 20 里外的板倉壩，分中小學部及師範、體育等科。有很好的建築和設備。民國元年後停辦。我們前往就讀時已遷移到大安寨下的只有小學部的財神廟內了。寨子是個城堡，當地士紳住家其間，以王、李二姓最多。而學堂移設那裡，也應王氏子弟及附近人家的需要。我是由於漸達伯父任教其間，所以住讀。講堂分別在大殿內的前後左右，宿舍都在大殿兩邊的大樓。校長王迪懷，原是樹人學堂早期的學生，後從日本學成鐵道管理。（當時學堂有日本教習數位，故後來王家留日回國的學生很多。）而余杞後到北京交通大學肄業，自不為無因。我們時逢五四新文化運動之餘，正課仍讀古文，寫作已開始習作白話了。他曾讀《玉梨魂》、《燕山外史》，我卻喜歡《花月痕》、《孽海花》，總是多少愛好文藝的。而新的書報則每由得風氣之先的成都親友寄來或帶回。不二年，我們各進了中學，人都不在家鄉了。

[註 1] 發表於《文史雜誌》1990 年第 6 期，第 30～32 頁。

別後六七年，京滬新文藝家輩出。余杞在北方，初向天津《國聞週報》上發表短篇小說《么舅》，嶄露頭角。1929年，短篇小說的集子《惜分飛》在上海春潮書店出版，郁達夫特為作序，譽為「力的文學」。比之於達夫的有幾分頹廢感傷氣氛的作品便自覺不如余杞的健康而有活力罷。（周作人和沈從文倒是很讚賞郁達夫的。）春潮書店出版《春潮》月刊，我在上面談過小林多喜二和謝冰瑩，但我似乎沒有好好地讀過余杞的這本短篇創作。1930年9月，他在北京交通大學鐵道管理學院畢業，分發到天津北粵鐵路局工作，業餘仍從事文學創作。翌年即在北京出版了長篇小說《浮沉》，同時還出版了一部短篇小說集《朋友與敵人》。該集深刻地貓述了當時社會和政府的腐敗荒淫，力求改革，表現了經世濟民之心。九一八事變後，則筆鋒一轉，開始了對日本帝國主義侵略罪行的揭露和抨擊，並且積極參加了就地的抗日救亡的實際工作。後又以東北抗日義勇軍為題材，寫了一部長篇小說《急湍》，由上海聯合出版社印行，署名「隅棨」。1936年後，他的另一部長篇小說《海河汨汨流》在天津《益世報》副刊「語林」上連載。小說通過對天津海河浮屍案及進步青年憤起抗日活動的描寫，深刻揭露了日本帝國主義者犯下的滔天罪行，而對天津正在深入發展的抗日救亡運動起了極大的推動作用。此外，他還應上海宋之的所請，在天津創辦了大型的《當代文學》月刊，以為上海左翼作家文稿找出路，且擴大聲勢，惜僅出5期，即遭查禁。月刊內容除他自己所寫小說《三種人》和書評《半農雜文》外，其他知名作者，計有聶〔註2〕征農、蘆焚、熊佛西、謝韻心、徐盈、郁達夫、李輝英、白薇、聞國新、聶紺弩、蒲風、艾蕪、陳明中等。這還是1934年間的事。他那時不只作中國文學現代化的努力，且專注於救亡圖存的歷史使命的工作。

余杞的文學生涯，都在北方。即有關四川的鄉土作品，如《在輪船上》短篇及長篇《自流井》，也是在天津寫成的。他的出生地自流井（屬富順縣治），據《富順縣志》說：「自流古井在今富義廠榮溪水濱。相傳井水自然流出，非人鏨鑿所成。岩崩水塞，乃於他處開掘無算。」《華陽國志·蜀志》說，「李冰在蜀除治都江堰外，又開發鹽井，穿廣都鹽井諸陂池。」可知四川鹽井之大開已遠在秦代。至魏晉時，四川北部如簡陽等10餘縣，深在七八十尺的鹽井，多至10萬餘口；而川南，特別是富順榮縣屬的自貢多深井，深至1000公尺左右。原來四川盆地在地質上的三疊紀時本與海洋相連，後因陸地隆地，盆地內

〔註2〕應為「夏」。

海水蒸發，便沉積成鹽，質純者成鹽岩，淺者成為鹽泥或鹽鹵。自貢一地，號稱產鹽最豐的區域，抗戰前達 480 萬擔（約合 25 萬噸）。自流井與貢井，地屬毗連。民國三十一年（1942）始將此一鹽區合併為一個行政單位，稱為「自貢市」，完全成為鹽業都市了。初設籌備處，由留德歸來的教授曹四勿擔任處長有年。余杞一度還鄉，受其委聘，曾為市志撰稿多篇。其撰者亦有多人，而余杞個人所寫更多。抗戰末期，余杞以原稿全部付我，要我保存刪正，俟機出版。我後以四處流離，所有書箱留在重慶，早已遺失數十寒暑了，而手中僅存「風土人物」數篇而已，思之悵然。

關於四川的井鹽文學，有賦有詩。左思的《蜀都賦》，杜甫、蘇東坡等大文豪的有關詩作，是其著者。而清代以還，直寫自貢鹽景的，李芝有《自貢鹽井賦》，首云：「維西川之鹽井，放山海之奧隩……山澤通靈，水火相遭。熬波成石，溶液為膏。」是知水井之外，還有火井。火井之氣，即天然瓦斯，便用之燒鹽。《華陽國志》載：漢魏時已然，後世更不必說了。我國之利用天然瓦斯，亦遠比西方早 1000 餘年。又，清人鄭玉臣詠自貢鹽井云：「利鏟斷山谷，砿砿無春秋，直下數十仞，石盡寒泉流。圓竅大如碗，瓶罌不可投……」清人許邁先作有描述釜溪形勢的。詩云「北郭受資水，繞城西復西。湔綿折千里，榮鎮納雙溪。峽破龍門鎮，鹽通商舶齊。虎頭何虎望，東入大江低。」釜溪俗稱井河，運鹽直通富順縣的鄧井關，轉合沱江至邛州再合嘉陵長江至渝水，以至直瀉武漢，即所謂川鹽濟楚也。另有清人史次星作《自流井竹枝詞》云：「絕勝詹家與宋家，咸泉汩汩雪飛花。江南十戶中人產，不及通宵響汲車。」又云：「拔地珊瑚十丈紅，四邊分別似遊龍。煮鹽自有天然火，第一新羅次吉公。」自貢鹽業，盛於清代初期及中期，鹽商雲集。先是詹家（現有地名詹家井，在自流井至富順縣城的中途）、宋家，有名於世。繼後，王家李家興起，故時俗有「不姓王，不姓李，老子不怕你」之諺。傳說我家某一先祖曾與王家爭購某一土地，以一弔錢（一千文銅錢）之差，我家放棄，由王家買去。王家後在其地下開水井和火井，竟也成為一時首富經久不衰云云。新羅和吉公，是指羅、吉兩家燒鹽灶戶的成功，其詳不得而知。舊日所謂竹枝詞，都需有人詳注始明。我和余杞同時生長於斯，於風土人情，習見習知。但也多於忽視，易於忘卻。余杞在 1933 年回鄉，處處留心。先在輪船上看見當時川北地主老財逃避紅軍情狀，後便寫成分析解剖的小說《在輪船上》發表。嗣被選登天津《國聞週報》上，作為報告文學看待。還經王春生為文讚

揚和評介，余杞到了家鄉，即又收集材料，寫了以《自流井》為題的長篇小說，介紹了中國商業資本發展的情況。

　　余杞在自流井的家族興盛：早有王余照者，字朗雲，且稱王四大人，不但交官接府，而他本人也捐納了道銜，是清代咸、同以來的豪紳地主。他經營井灶，非大資本不可，故又常是高利貸者。大安寨是他的宅地所在，庇護了多少家族人士及其他親戚朋友。余杞為其後代子孫，已是書香世家了。族中有舉人、秀才、日本留學生和京滬大學生，學成的，亦有從鹽業或其他行業的。余杞的父親是教育家，他自己後來是在北方鐵路局工作的。這冊名為《自流井》的長篇小說，1934 年先在當時南京出版的周開慶（1904～1978）主編的《中心評論》上連載，時我在渝按期讀之，並予以剪存（存了多年，後不知遺落在何處了）。直到 1944 年，余杞在成都，才把它交給成都東方社正式印成了單行本。可惜我至今沒詳讀，也未能稍為深入的加以評介。這是我很對不起老作家、老同學的。記得在 1945 年某月，我正在病中，得余杞一信，囑我為文。大意是說，對於《自流井》，我應該說一點話。我曾回信給他，「要趕快寫」。結果自然只有那一封信公開過。其中有云：「自流井的起源，它的歷史，本來就有些神話和傳說的。而那裡近百年來的地主、商人階級以及鹽工生活、平民生活，都值得大書特書。還有帝國主義對於川鹽，對於自流井的影響之大，也值得大加分析。不消說，寫作這樣的長篇小說，作者要富有深刻的觀察，精密的分析，以及豐富的想像力，上好的潛能力，而你有之，已代我說了一些自己想說的話，我如何不愛好你的《自流井》呢？你的《自流井》以某一家族的興衰為主題，旁及於那裡的一般社會情況，是一篇很好的風土記。在外國，譬如佛羅貝爾的《馬丹波娃利》、托馬斯·哈代的《德伯家的苔絲》，它們又何嘗不是某一些地方風土的描繪呢？不過，你的《自流井》中，究竟是不是太寫實了？而缺少更多的理想？我只覺得當時讀了你的《自流井》還有些花生米，不滿足之感。」「我們都是中國 30 年代初期的文藝青年，那時青年的特別心態是：愛好文學，關心政治，都想脫出家庭，走向社會。因此，我們所追求的，有各種各樣的政治理想，所習讀的也是各科各系的新書。有時，對實際社會運動，也希參與。那是五四新文化運動過後幾年的事。」周開慶、王余杞和我，那時都有過小說集子出版。自然，比起現階段青年的寫作技巧，就不免老套，不夠高明。但其熱情和理想，道德和勇氣，多是今人所不及的，這些，我在《文史存稿》中記下了。其實，30 年代前後的新文藝作家，也可說多如過江之鯽，許多人的作

品，只是曇花一現而已。其能流行一時，已是萬幸。如不流行，卻從此默默無聞，永與文學絕緣也多的是。若要留芳百世，那就難上加難了。唐代詩人之多，不知其有幾百或千萬，而《全唐詩》所選作者凡二千二百餘人，詩只八萬八千百餘首。當知遺珠之憾，自所難免。近代中國人口日增，作者如林，能傳世的，又有幾人？余杞一生以創作為副業，現代社會是他創作靈感的源泉，所以他寫作的題材廣大。但長住天津市，自不免多以天津為背景。自流井是他的故鄉，瞭解甚深，而那部長篇小說叫《自流井》的卻也是在天津寫成。作者寫自己最熟悉的人與事，還多加透視，所以非常得心應手，具有其一定的鄉土特色。在「鹽都」新文學上來說，他當是首屈一指的現代作家。就全國新文壇來看，他亦應有其作家的地位。司馬長風的《中國文學史》寫過他，《天津文學史料》記載過他。他是可以傳世的文學作家，則是無可置疑的。固然，他與「當代」作家不同。當代文學常被稱為「新時期文學」，代表作家很多，有莫言、韓少功、李銳、劉恒、葉兆言等。還有高曉聲、阿城、李曉。他們先後均能描寫出一些典型人物，刻畫出一定的各種場面。「超以象外，得其寰中」，誇張面近入情，諷刺而寓美感，故余杞深有「前賢畏後生」之感。

參考資料

1. 黃小同、常勇：《王余杞與當代文學》。
2. 劉紹銘：《韓少功的退化論》。
3. 蘇同炳：《四川自貢的鹽井》。
4. 毛一波：《文史存稿》。
5. 常璩：《華陽國志》。
6. 李子云：《知青作家李曉》。
7. 黃宗壤：《四川井鹽詩詞選》。

一九九〇年六月末，寫於美國路易斯安那州新奧爾良市

王余杞和他的長篇小說《自流井》〔註1〕

王發慶

　　聞名遐邇的千年鹽都自貢──國家級歷史文化名城，中國優秀旅遊城市
──千百年來，以她特有的井鹽文化，像磁石般地吸引了不少的作家和詩人。
八百年前，陸放翁在這裡吟誦過「長筒汲井熬雪霜，轆轤咿啞官道傍」的名句
〔註2〕，這也許是對井鹽生產最早的形象寫照，然而，真正在廣闊的社會生活
背景上描繪自貢鹽場的文學經典，則是左聯老戰士王余杞的長篇小說《自流
井》。

　　《自流井》這部創作於上個世紀三十年代中期的長篇小說，通過封建鹽商
「王三畏堂」家族的興衰，形象地記錄了自流井鹽業世家早期的創業傳奇，集
中反映了在帝國主義、商業債團的雙重壓迫下，家族集團內部的矛盾、爭鬥和
自相殘殺，封建鹽業生產關係走向崩潰的過程，揭示了生產力的發展必然帶來
生產關係的變更，「舊的必然死去，新的必然成長」的歷史規律。它真實地再
現了二十世紀二、三十年代自流井鹽場的生活：從帝國主義侵略、時局阽危，
到政治腐敗、兵匪肆虐，從鹽業家族內部維新派與保守派的火並，到鹽場工人
的悲慘處境和罷工鬥爭，展示了廣闊的社會生活畫卷，預示了光明社會的到
來。

〔註1〕初稿發表於《蜀南文學》1991 年第 2 期，後收入王余杞著《自流井》，大眾文
　　　藝出版社 2009 年版，有刪節。此為完整版。
〔註2〕「長筒汲井熬雪霜，轆轤咿啞官道傍」，引自陸游《入榮州境》。陸游於淳熙元
　　　年（1174 年）十一月至淳熙二年（1175 年）二月曾「攝理榮州事」。詩句形象
　　　地描繪井鹽生產的奇特景觀：汲鹵的竹筒從鹽井裏汲取鹵水，轆轤發出咿啞的
　　　聲音，鹵水熬製的食鹽，像霜雪一樣潔白。

　　除了具有進步的政治傾向和理性的批判力量之外，這部作品的寶貴價值，還在於它第一次把自流井鹽場的風貌進行了形象完整的、具體可感的描繪。神奇的鹽場景觀，獨特的井鹽生產流程，古樸的鹽場生活習俗，自流井特有的地域風情，以及新年正月的燈會遊藝等等，無不彌散著濃鬱的地方特色和鄉土情味。因此，這部作品不僅以其性格鮮明的藝術形象和悲劇的藝術構思叩擊讀者的心靈，而且還具有社會學、歷史學、民俗學以至井鹽生產史等多方面的認識價值。它是一部活的近代自貢鹽場的興衰史，堪稱鹽都文學史上的瑰寶。

　　這部曾被歷史和歲月所塵封的長篇小說，已重新受到海內外學者的重視。上個世紀九十年代初，四川省中國現當代文學研究會就把王余杞和他的長篇小說《自流井》作為重要研究課題，但是，由於該書存世量太少——在自貢市僅有兩本，其中一本在市檔案館，另一本為私人所藏——有機會讀到的人寥寥無幾。本人作為王余杞著作的研究者，除了認真研讀《自流井》這部長篇小說以外，還在自貢市檔案館複印了王余杞於 1938 年 8 月至 1940 年 3 月發表在《新運日報》上的連載隨筆《我的故鄉》，共約 400 餘期，並全部收集了王余杞發表在《新文學史料》《天津文學史料》等刊物上的回憶文章。本文擬盡可能翔實地介紹王余杞的生活道路和創作概況，著重探討《自流井》的思想內容、藝術特色和歷史價值，謹以此奉獻給關心鹽都文學和王余杞著作的人們，並就教於專家學者。

一

　　王余杞（1905.3～1989.11）出生於自貢市自流井一個家道中落的鹽商家庭。1921 年隨親戚北上求學，1924 年考入北京交通大學，畢業前夕曾東渡日本實習。他從學生時代起就接受了反帝愛國思想影響，積極投身於黨領導下的革命文藝運動。他於 1934 年參加中國左翼作家聯盟，主編大型文學月刊《當代文學》等雜誌。1936 年北方左聯改組，成立作家協會，他被推選為大會執行主席。抗戰期間曾擔任過上海救亡演劇一隊負責人，回四川老家後，在地下黨領導下，曾任《新運日報》主筆和抗敵歌詠話劇團團長。王余杞的創作，大體上可以分為四個時期，即創作初期、天津時期、抗戰時期和新時期。在天津的七年，是他創作的高峰期，其主要作品，都是在這個期間寫作的。

　　王余杞在追憶自己的創作道路時曾寫道：「我只是一個窮學生，既無名又沒利，只是被一些社會現實刺激著，骨鯁在喉，不吐不快，不揣冒昧地發洩出

來。沒有人指導，沒有人幫助，亂鬧一起（氣）。」1927 年他發表了第一個短篇小說《A. comedy》（即《一部喜劇》，郁達夫稱之為「傑作」。王余杞深受鼓舞，相繼創作了《么舅》《老師》《百花深處》等短篇，後收入與朱大枬、翟永坤合出的《災梨集》。1929 年上海春潮書局出版了他的第一部篇小短篇說集《惜分飛》，收進了他在《國聞週報》上陸續發表的以青年學生、知識分子為題材的系列小說《NO. 1》《Mama》《Denatured》《Ｗ・Ｆ・Ｐ》《Ｔ Ｏ》等十個短篇，由郁達夫作序。同年，謁見郁達夫和魯迅，受益匪淺，轉譯契訶夫的短篇小說《愛》。

1930 年，王余杞到天津北寧鐵路局工作，開始了天津七年的生活。他的第一部長篇小說《浮沉》，於 1932 年由星雲堂書局出版。他「從寫學生生活，轉到寫社會生活，這是一個發展。」同年，王余杞與彭光林女士結婚，彭是北京女師大中文系畢業生，四川重慶市人。從此開始了患難與共、相濡以沫五十六年的婚姻生活。這一年還出版了短篇小說集《朋友與敵人》，「自詡分清敵我，不容混淆」，表明對社會人生的鮮明態度。

1933 年，王余杞回鄉探親，短篇小說《輪船上》《落花時節》寫於這個時期。前者感慨於四川旅途所見，後者記述了上海「一・二八」戰後的情景，《國聞週報》主編王芸生讚揚備至。當時，家鄉境況日非，商業資本抬頭，封建家庭沒落，引起頗多感觸。於是他「從四川搜集辦井燒灶的新材料，加上家族的片斷回憶，乃至商業資本侵入的具體情況，開始寫作一個新長篇《自流井》」。書稿於 1934 年在南京《中心評論》雜誌上逐章刊登，讀者很感興趣。約莫經過一年，全書終於完成，重加修改抄畢，已是 1937 年的夏天。因天津淪陷，輾轉數載，直到 1944 年《自流井》才在成都東方書社署名曼因出版。

1936 年，他的長篇小說《急湍》由上海一家出版社出版發行，署名隅縈，這部作品從「九・一八」寫到「一・二八」，從民族危機的加深寫到抗日救亡運動的高漲，並歌頌了東北義勇軍的英勇鬥爭。緊接著，他又開始了另一部長篇《海河汨汨流》的創作。這部小說以天津為背景，活畫了天津的風物，反映了從西安事變到天津事變期間日寇的暴行。這部長篇於 l945 年由重慶建中出版社出版。

在這一期間，他的短篇小說集《將軍》在上海出版了，事前作者並不知道，後來有一些青年拿這本書找他簽名，方知此書係由朋友代勞編輯付梓。而他自己當時結集的最後一部短篇小說集《落花時節》卻一直沒能出版。直到 1957

年反右，在嚴厲的組織批判壓力下，作者竟將保存了二十年的書稿以及所有的日記一火而焚！

在天津的七年不僅是王余杞創作的高峰期，也是他從事革命文藝運動最活躍的時期之一。1934 年，王余杞由孫席珍介紹參加左聯（後稱北方左聯）。同年，他在極端困難的條件下主編被列為左聯刊物的《當代文學》，共出六期，發表了郁達夫、艾青、葉紫、聶紺弩、宋之的、邱東平、夏征農、陳白塵、蒲風、白薇等左翼進步作家的作品（1936 年埃德加‧斯諾編譯的《活的中國》一書，曾把《當代文學》列為「極有價值的資料」〔註3〕）。1936 年，左聯解散，上海成立了中國文藝家協會；在北平，北方左聯改組成立北平作家協會，王余杞被推選為執行委員〔註4〕。

除了與有關出版社和副刊的編輯有較多交往之外，王余杞與老舍、曹禺、洪深、王統照、趙少候、臧克家、吳伯簫、王亞平、杜宇、沈西蒙、齊燕銘、宋之的、聶紺弩、葉紫、聞國新等作家都有過不同程度的交往，他尤其敬重老舍的為人和氣節。他極為崇敬魯迅先生，「熱心於學習魯迅」，也曾給魯迅先生有過通信並約過稿。1938 年上海出版的《魯迅書簡》還影印了魯迅給王余杞的信〔註5〕。郁達夫歷來對王余杞頗多扶掖，希望甚殷。郁達夫到北平，多由王余杞陪同。1935 年，郁達夫寫了一篇短文《送王余杞去黃山》，引用龔定庵的詩句「照人臉似秦時月，送我情如嶺上雲」以志離情別緒，可見兩人感情深篤。

對當時的文學青年，他一直真誠關切，熱情扶持。他說：「我忘記不了我受到過的如他們所受到的待遇」，儘量選登他們的作品，「發出一點微弱的呼

〔註3〕轉引自王余杞《記〈當代文學〉》，原載《新文學史料》1979 年第 5 期。

〔註4〕引自王余杞《在天津的七年》，原載《天津文學史料》1987 年第三期。1930 年3 月 2 日，中國左翼作家聯盟成立於上海，出席會議的有 40 餘人，大會推選魯迅、沈端先（夏衍）、馮乃超、錢杏村（阿英）、田漢、鄭伯奇、洪靈菲 7 人為常務委員。大會通過了理論綱領和行動綱領。左聯盟員由最初的 50 餘人發展到 300 餘人，在北平、廣州、日本等地成立了分盟。1936 年，根據國內外鬥爭新形勢的需要，左聯自動解散，北方左聯改組，成立北平作家協會。成立大會主席團成員有孫席珍、曹靖華、王余杞等，王余杞被推選為主席團執行主席。會上，王余杞與孫席珍、曹靖華、楊丙辰、高滔、李何林、張致樣、澎島、陳北鷗等當選為執行委員。

〔註5〕王余杞與魯迅的交往，還可以追溯到 1929 年，《魯迅書信集》中 1929 年 1 月26 日《致王余杞》、《魯迅日記》中 1929 年 11 月 26 日、27 日，都有相關文字。

聲」。他對天津《海風》詩社的創作活動給予指導和支持，並對青年詩人邵冠祥、曹棣華慘遭殺害表示極大的憤慨。

1937 年天津戰事發生，王余杞脫險南下，參加了上海救亡演劇一隊，擔任演劇隊總務（另外兩位負責人是崔嵬、宋之的）。後來，應以群之約與劉白羽合寫了《八路軍七將領》（撰寫《朱德》《賀龍》《林彪》三篇），這是當時國統區第一部有關八路軍的書，出版後風行一時，後遭國民黨政府查禁。1938 年秋回故鄉，擔任《新運日報》編輯和主筆，在該報副刊連載隨筆《我的故鄉》。1940 年應邀參加由地下黨領導的自貢市抗敵歌詠話劇團，並擔任過團長。

1940 年 3 月，因參加抗日救亡活動，王余杞在成都被捕。王余杞夫人彭光林強忍悲憤，帶著未滿 7 歲的大女兒，多方奔走，後託王冶秋請馮玉祥將軍具名保釋出獄〔註6〕。三年之後，王余杞在一篇文章中說：「文字招怨，自古而然，所以擱筆至今，忽已三載，但我並不是自甘沉默的，倘有機會，仍將提起筆來。」抗戰勝利後，他完成了敘事長詩《八年烽火曲》的創作。

1946 年，王余杞重返天津，在天津市政府任職，「主要從事話劇活動」，並主持出版《天津文化》。1949 年 1 月，天津解放，他愉快地辦理了移交，並毫不猶豫地送自己不足十六歲的長女參軍入伍。他在《送曼兒南下》中寫道：「天翻地覆史更新，眾志成城夙願伸。南下叮嚀當緊記，向人學習為人人。」以極其鮮明的政治態度，表達了革命勝利的由衷喜悅。

1951 年王余杞任北京鐵道學院副研究員。1952 年調任人民鐵道出版社編審，編寫《中國鐵路史》。1957 年錯劃為右派，下放青海鐵路工段勞動。1964 年調至福建沙縣鐵路採石場勞動。政治上被剝奪一切權利，生活上受到非人待遇，他幾乎被人遺忘，卻仍然戴著他的鐵路徽章，並用好幾層紙包著他那已磨損了的工會會員證──唯一能證明他身份的寶貝。

黨的十一屆三中全會以後，王余杞的右派問題得到改正，後受聘為華中理工大學名譽教授，在為國為己歡慶之餘，他痛惜失去了的歲月，一面尋找失散的書和書稿，一面以和生命賽跑的驚人的毅力著書撰文，1980 年至 1982 年他與友人聞國新先生完成了《歷代敘事詩選》的選錄和解讀工作（貴州人民出版社 1984 年出版），並為他最後的這一本書撰寫了前言。他發表在《新文學史料》《天津文學史料》上的有關回憶文章，給我們留下了研究中國現代文學的極其寶貴的資料。

〔註 6〕引自王余杞《冶秋和我》，原載《新文學史料》1988 年第 3 期。

1985 年，應自貢市黨史資料編輯委員會的邀請，八十高齡的王余杞老先生回到闊別四十年的故鄉，興致勃勃地參加了自貢市抗敵歌詠話劇團紀念活動。1989 年 11 月，這位蒙塵多年的左聯老戰士不無遺憾地放下了他手中的筆。今天，我們回溯歷史的長河，追憶這位歷盡坎坷，不輟追求的作家的一生，完全可以清楚地看到：無論是他對於左翼文藝運動的積極參與，還是他在抗戰文藝運動中付出的辛勞，無論是他對於鹽都文學所作出的開拓性的貢獻，還是他留給後世的兩百多萬字的文學作品，都不可磨滅地在中國現代文學史上留下了光輝的一頁！

二

王余杞在《自流井·序》中明確地闡述了他自己的創作動機：「當人們驚異地注意到自流井的時候，我便也記起了自流井，因為我生長在自流井，自流井原是我的故鄉。對於故鄉，我自信比別人知道的多一些，不僅知道，而且認識瞭解——關於當地的特殊出產和特殊的社會情形。」「提起筆來之後，原來的計劃卻有了變更，我雖生長在自流井，但離開甚早，對於當地人群的生活，並不十分熟悉。凝想，凝想也只能得到一個模糊的輪廓；倒是另一些支配著一切的井主，比方就是我家裏的一些人物，我不僅看見他們的面貌，而且清楚地看穿了他們的內心——他們的習性，他們的見識，他們的信仰。」「我的家本是一個封建組合，而在資本觀念逐漸加深的今日，所謂道義——是封建思想裏面的精髓，委實已不能維繫人心，只知有己，不知有家，家的形式已沒法顧全；加之習於安逸，不懂得生活的艱難；缺乏知識，睜開眼睛不曉得世界有多大；不但不能和人競爭，而且不能自謀保守，所以一經打擊，便立刻崩潰而不可收拾，自是理有固然！」「總之我的家之破產是必然的——我便從這裡開始寫起。努力地寫，並且寫出在變為天堂以前的『魔窟』中的一角，那一角，正可以反映出中國社會今日內地的一般情形。」

《自流井》正是以作者自己的家族為原型，寫出了「富壓全川」的烏衣門第「王三畏堂」由興盛到衰敗的故事，反映出本世紀二、三十年代中華民族在內憂外患的夾擊中，進一步淪為半殖民地的社會現實，作者難能可貴地站在歷史唯物主義的高度，形象地揭示了憑藉古老井鹽生產方式來維繫其生存的封建鹽業家族在帝國主義的壓迫和新興資產階級債團的挾制下必然破產的歷史

趨勢,作品集中描寫了家族內部維新派與當權派的鬥爭,毫無憐恤地展示了封建家鹽業族沒落的過程,不啻為封建鹽業家族的一曲輓歌〔註7〕。

　　小說的開頭追敘了王三畏堂的中興之主「王四大人」引進秦商,擴展經營的發家軼事和砸水釐局、反對官運的英雄傳奇。據有關史料記載,王三畏堂的發家人王朗雲,於道光 18 年（1838 年）與陝西商人訂立「出山約」,引進陝西商人在其地基上開鑿新井,而後按契約規定的年限將鹽井與廠房、設備全部收回,並在此基礎上擴展井、梘、灶、號經營,很快成為「富甲全川」的豪富。王三畏堂的極盛時期,擁有鹵井、天然氣井數十口,開設鹽號遠及重慶、宜昌、漢口、沙市、洋溪等地,田土農莊遍於富順,威遠、榮縣、宜賓數縣,年收租穀達一萬七千餘石。咸豐十年（1860 年）,李永和、藍大順響應太平天國起義,遣將周紹興兩次圍攻自貢地主、鹽商聚集的大安寨,王朗雲募軍死守,使義軍遭受重大損失,因而大得清廷封賞。為了保護和攫取更大利益,王朗雲捐官進爵,不惜重金,初捐候補道臺,繼之加按察使銜,賞二品頂戴及三代一品封典,成為遐邇聞名的「王四大人」〔註8〕。小說的第二章中王氏宗祠祭堂內那一副二百二十字的長聯,標榜這個封建家族昔日的顯赫功名,旌揚其書香門第的道德文章,並為這個封建家族的衰敗打下了伏筆。

　　小說集中描寫了 1925 年冬季到第二年近冬時節,自流井的這個富甲全川的封建家族的崩潰。「眼看著水井一天天地乾枯,眼看著火井一天天萎弱,眼看著熬出來的花鹽、巴鹽一天天地減少;又聽說川北天天打仗,食鹽銷路天天在退落,釐金捐稅層層加重,津關卡子處處加多,賣出去的價錢還不夠成本;重慶、宜昌的鹽號早已撤銷,運輸售賣的大權都落在江津、重慶兩幫手裏」,

---

〔註 7〕自貢近代鹽業家族的性質界定,從其主要的經營產業、經營方式,以及對社會經濟和鹽業發展的歷史貢獻而言,當令的學者傾向於在總體上定性為近代民族資產階級,這是沒有疑義的。但是,自貢近代鹽業家族,畢竟產生於中國封建社會的末世,他們大多經營地產（地租）、鹽業、和商號,同時又以家族的模式進行管理和分配,甚至為了保護和攫取更大利益,有的還買官鬻爵,如王三畏堂的中興之主王朗雲等,這就不可避免地帶有封建經濟（如地租）、封建宗法、封建領屬的性質。王余杞早年生長在這樣的鹽業世家,對於家族的沒落,有著直接的、切身的感觸,所以他在《自流井》的序言中一再提到「我的家本是封建組合」,在小說中更以主人公之口說明「三畏堂正是封建社會裏的一個封建家族」。作為對《自流井》這部小說的評介,必須依據小說文本所提供的信息,尋索作者的創作意圖,這是不可逾越的基本的原則。

〔註 8〕引自吳澤林《王三畏堂百年滄桑》,原載《自流井鹽業世家》,四川人民出版社 1995 年 2 月。

「帳主子的債團代表已經在這裡修好洋房子來等著要帳咧。究竟欠了多少帳呢？當家的人不肯說，此外誰也說不清。」圍繞著帳款的問題，家族中的維新派和當權派展開了針鋒相對的鬥爭。從素二公、作七公到如四公，家族中的當權者無不營私舞弊，甚至勾結債團，出賣家族利益。以迪三爺為首的維新派，想要重振家業，「一面得推倒賣家奴，一面得應付債團，一面得挾持住那些『尾大不掉』的『丘二』（按：即掌櫃），自然處於數面受敵的夾擊之中。「挾債團以自重」的如四公一方面勾結官府，以「毆辱尊長」的罪名，使迪三爺陷入「吃官司」的糾葛困頓；另一方面，則把公堂基業全部抵佃給渝沙債團，簽訂了徹底出賣家族利益的《抵佃條約》。至此，維新派挽救公堂、重振家業的夢想遭到毀滅性的打擊，正如那位試圖依附維新黨勢力東山再起的作七公所說：「我們沒法子跟債團對抗，總因為我們欠了人家的債，欠債還錢，理所當然。」這一鬥爭的結局形象地告訴我們：封建家族在新興資產階級的威逼下無法擺脫必然破產的厄運，無論封建家族內部的人們如何尋找改革良方，都無濟於事。

這部作品以封建家族的興衰為主線，真實地描繪了二十紀二、三十年代中國內地的社會生活畫面。當時，「中華民族，處於水深火熱的內憂外患的夾擊中」，「全中國更成了次殖民地。莫說自流井隔得遠，帝國主義的侵略力量依然可以達到」，洋人的稽核處對自流井這個「銀窩窩」虎視耽耽，「稽核處的錢是一點不能少的」。而這裡的軍政兩界，兩廠紳商名流，省外鹽務代表，渝沙集團代表，「都是一班暗裏明裏吸著這一家膏血的人」。當時，國內戰禍迭連不斷，川北戰事阻滯了井鹽的銷售，自流井也沒能免予兵燹之災，雖然「這裡的軍隊，官比兵多，兵比槍多，槍比子彈多」，但為害之烈，亦屬駭人聽聞。不但抓丁拉伕使農業生產遭到破壞，而且「每逢軍隊開拔，出血自不能免」，當地駐軍張旅長一次就向商會索要三萬兩白銀，並且綁架商會會長以作人質，勒索「軍費」。縣知事老圈兒更是唯錢財是圖，「特別歡迎人們告狀打官司，不論原告被告，一律收起來再取保，三千五千，一千八百，言不二價」。至於農村，土地賦稅年年加重，「才民國十五年，上糧已交到民國二十四年了」；地主、掌櫃，催租逼債，佃戶一年的收成「交了租就只夠喂雞」，鄉下熬不過，只好往井上跑。社會混亂，民不聊生，棒老二（土匪）搶劫大墳堡，竄到茶館、街頭，把紳糧、井主「搶去做肥豬（當人質）」……作品就這樣展示了半殖民地半封建的中國內地廣闊的社會生活背景，把家族的沒落與時局動盪緊密地聯繫在一起，從而表現了作家對國家、民族命運的深重關切。

　　這部作品還真實、深刻地揭示了勞資雙方尖銳的階級對立，刻畫了鹽場工人的悲慘處境，反映了鹽場工人的覺悟和鬥爭。簇擁在一大片森林前面的大廈，屹立在雨臺山、大安寨的幢幢洋樓，廳房內豪華的陳設，用金銀打成的煙具，出門輿馬的派頭排場，以及用皮貨珠寶給死人殉葬等等，無不炫耀著這個封建家族散發出腐臭的豪華。同這種驕奢淫逸的生活相反，鹽工「天天都不見亮就起來，賣著苦力氣！一直賣到夜裏火龍車放出最後一聲哨子：白天挑鹽水上灶，晚上搓索子捆筒，外帶塌牛屎粑——因此，他（們）的兩肩和兩手就變成一種形象：肩上長著紫泡，天一熱就潰爛，裏面脹著膿水，外面裂開一條條口子，現出鮮紅的肉。手板被麻絲和竹片割得血流，割破的傷口太多，重重疊疊，變成像一塊冬天的樹皮，滿手都是厚繭。雖然如此，肚子卻從來不曾吃飽過」，慘死的鹽工「被一個個破鹽包像狗一般抬出去窖咧！」作品用較長的篇幅寫出了鹽工黃二順一家的悲慘遭遇。井主斯謙不顧工人死活，釀致鍋爐爆炸，黃二順的撿煤炭花的獨生兒子黃狗慘死於這場人為的事故，他的女兒又被斯謙的兒子所糟蹋。「黃二順一身也像變成鍋爐，肚內燃著烈火，將血煮到沸騰」，殺死了井主斯謙的兒子，卻被警察當局處決。「死了的死於非命，活著的遭了欺凌」，黃二順一家的慘禍使鹽場工人在血的教訓中覺醒，他們「將黃二順的棺材抬出遊街」。「事情堅持著，捕捉、格鬥都不怕，撒攔（最後）只好由官方叫商會派人出來做調解人，放下身份來跟他們講價錢，價錢不減低，天天遊街，喊出身受的痛苦，喊出最低的價錢」。「發揮所有的力量，力量不曾落空，像火閃（閃電），像炸雷，像暴雨，攪動了整個自流井」。作品就是這樣表現鹽場工人最初的自發的鬥爭：他們由對機器的憤怒和恐懼，進而發現自己任人宰割欺凌的地位，最後在團結、鬥爭中看到了工人階級所擁有的力量，預示了人民革命風暴必將蕩滌整箇舊世界的污穢！

三

　　顯而易見，《自流井》以自貢近代鹽業家族為軸心，「全景式地反映正在發生的社會現實」，具有社會剖析小說〔註9〕的鮮明特色。這部作品的成功之處，還在於形象地展示了龐大的家族人物譜系極其錯綜複雜的關係，並在人物的刻畫和褒貶中鎔鑄了理性批判的力量。

〔註9〕社會剖析小說，是二十世紀三十年代由茅盾先生倡導、為「左翼」文學公認的
　　　主流，其特點是：全景式地反映正在發生的社會現實，人物大多具有典型性和
　　　階級性，具有鮮明的理性特色和社會批評傾向。

　　迪三爺是這部作品中作者用筆最多、性格特點也極鮮明的人物形象。他早年畢業於日本高等法政學校，受過新思潮的影響，同王氏家族中那一班安於逸樂，沉湎酒色，毀於煙土的世家子弟截然相反，他作為封建家族利益的忠實捍衛者，提倡教育救國，首創科學辦井。在家族衰微之秋，蛀蠹敗家之際，他挺身而出，挽救公堂，雄心勃勃，振興祖業。他常常將國來比家，把家看成是縮小的中國，閃著炯炯的眼光，禁不住喃喃自語：「看還是中國的問題先解決嗎，還是我們家裏的事先解決吧！」決心幹一番事業，儼然「王四大人」再世。然而，世易時移，在近代中國，改良的路是絕對行不通的。在新興資產階級債團的威逼利誘下，家族的當權者們加快了賣家的步伐。兼有老虎、兔子、狐狸三種性格的如四公，對於調查債款、借錢還債先是軟拖硬抗，繼而對維新派委以「顧問」之銜加以收買，最後告發迪三爺「毆辱尊長」，並趁迪三爺困於官司之際，進一步與債團勾結，簽定了將王氏公堂全都產業抵佃給渝沙債團的賣家契約。迪三爺吃盡官司之苦，家財傾盡。迪三娘心勞力瘁，溘然病逝，迪三爺傷心不已。而此時，家族產業抵佃已成定局，徹底粉碎了迪三爺振興祖業的夢想。「挽救公堂，為的大家，大家都不顧望，只好灰心了。」退而寄希望於自家的昌福井，機器下銼，井身歪斜，「一眼井敗家」，恰又應在自己頭上。遂百念俱灰，最後只得寄望於長子幼宜去京城求學，「洗去公堂子弟的習氣，改換公堂子弟的心術，精研學術，建立起一番事業來！」作品十分成功地塑造了這個真實可信的譚嗣同、劉光第式的「補天」者的形象，揭示了中國近代改良主義者自身的矛盾和悲劇的結局，令人感喟，引人深思。

　　如果說，這部小說僅止於描寫「補天」式的悲劇，塑造了迪三爺這樣一個「補天」式的人物，那麼，作品則沒有完全超邁整個封建思想體系的窠臼，作品以對封建家族和整箇舊世界徹底否定的氣概，塑造了一個血肉豐滿的封建家族的叛逆者的典型——迪三爺的長子幼宜，從而寄託了作家對社會大變革的嚴肅思考。

　　幼宜是世家子弟中最聰慧、明達、善良、上進的一位。他從小就深感在家裏不快活，在嚴父的責厲聲中感到壓抑，他為自己不暸解辦井燒鹽的知識感到羞愧，並對被剝削者的不幸感到不平。他目睹身歷了封建家族內部弟兄間、叔侄間、以至父子之間傾軋、殘殺，最終被債團所吞噬的慘劇。家族的崩潰、母親的去世、父親的頹唐使他一步步對家族的復興感到幻滅。當他跨出夔門，北上求學以後，各種新的思潮和風雲突變的局勢，則使他逐步走向了成熟。他投

身學生運動,「冒著寒風,揚頭吶喊,大家的身心聯結在一起,他們發揮出他們偉大的力!」及至國家危亡,教育破產,他回到違別十年的故鄉,「從外形看,他完全變成一個具體而微的迪三爺,容貌之外,態度,口音,舉動,神氣……由於遺傳,眼神特別充足,一雙炯炯的眼光,十年之後的今日,又從這裡閃出了哩!」而他的鋒芒所及,卻是對於衰微家族的毫不惋惜的否定和對光明社會的憧憬與呼喚:

> 「中國社會原來是封建社會,封建社會講家族,講血統,稱之
> 為綱常名教。三畏堂正是封建社會裏的一個封建家族,所以當初能
> 夠興家。到近幾十年中國不斷受外國侵略,外國資本主義也傳流到
> 了中國,時勢造成,封建思想再不能維繫人心;儘管嘴裏還大喊維
> 持舊道德,實際上只是在利益上打轉身,日趨薄弱的家庭觀念,淨
> 叫強有力的個人利害消滅得乾乾淨淨。誰都只顧自己,誰都不顧公
> 家,兼之人才缺乏,不能適應潮流,安於逸樂,不肯吃苦,怎能跟
> 人家競爭?怎經得起債團代表的壓迫?失敗是一定的。焉得而不敗
> 呢?」

> 「失敗的原因便是不能恢復的理由!個人勉強成為資本家倒還
> 可以,恢復封建家庭,絕對辦不到!」

> 「請你們把眼光放遠些,封建制度不好,資本主義也不好,同
> 是吃人肉吃人血的魔鬼!」

> 「中華民族,在處於水深火熱的內憂外患的夾攻中,東北四省
> 的土地已被斷送,全中國更成了次殖民地!」「請你們把眼光放遠
> 些,不要為一家,要為全民族——全民族之中就包括有自己在。振
> 作自己訓練自己!組織自己!大家聯合在一起,聯結一起更有力
> 量!」

饒有深意的是,迪三爺把家比作國家,幼宜卻把眼光投向國家,其挽救民族危亡的吶喊和社會變革的呼籲,道出了那個時代革命青年的心聲,至此,幼宜已作為封建階級的叛逆走上了為國家民族而戰鬥的人民革命的行列。在幼宜身上,我們可以清晰地看到作者的影子,看到左翼作家激進的政治態度和強烈愛國情緒。

《自流井》是以少年幼宜的視角來完成家族敘事的。由於他在自身的成長過程中所關注的是家族的興衰,學校、祠堂、井灶、商會等,都成為了超出其

意義本身的符號。作品也寫到家庭和親情，但決沒有一般流行小說的性愛描寫。女性在這部作品中所佔篇幅不多，卻塑造了迪三娘和三姐是這兩個近乎完美的女性形象。迪三娘主持家政，過於操勞，在丈夫入獄後，竭盡全力拼湊高額贖金，最終過早地離開了人世，她的悲劇，加重了作品的悲劇氛圍。三姐溫柔細膩、善解人意，她的每次出場，都給幼宜帶來快樂和安慰。

從藝術構思上看，這部小說緊緊圍繞「查帳──抵佃──分家」的矛盾糾葛，不僅把家族中涇渭分明的「保皇派」和「維新派」的各色人物刻畫得惟妙惟肖，而且由家族引申到社會，活脫脫地再現了當年生活在這塊土地上的形形色色的人物形象，自然而巧妙地帶出了軍閥、官僚、捐客、債主等「明地或暗地吸著兩廠（指自流井與貢井鹽場）膏血的人」。作品在「分家」一節中，不厭其煩地介紹了這些人物：

> 除了全家弟兄叔侄外，並且邀請了當地的軍政兩界、兩廠紳商名流：算起來便有軍餉取之於鹽稅的張旅長，有靠刮地皮營生的縣知事「老圈兒」，有包庇私鹽和專吃私鹽販子的鹽場知事賈胖子，有鹽務稽核所的「轉窩子」洋人李約翰，有濫竽充數的學董汪沛學，有滿口京腔的省外鹽務代表張子高，有渝沙債團代表崔子奇、陳季農、陳綿初、皮畏陶，有胡團總、宋團總、梁團總，有大紳糧（地主）李雲甫、朱沛清、雷正華、魏少秋……

這樣龐大的陣容，介入一個家族的分家事務，顯得煞有介事而且滑稽，正是這些表面上主持公道的人，加劇了這個鹽業家族的崩潰。作者也正是從這裡開始讓矛盾衝突更加複雜化，並一一揭出這些正人君子的醜態和卑劣的靈魂。特別是乘人之危、勒索錢財的縣知事「老圈兒」，虛張聲勢、偽善詐騙的省外鹽務代表張子高的形象刻畫，匪夷所思，令人叫絕，完全足以進入中國現代文學的典型人物畫廊。

作為社會剖析小說，這部作品還正面描寫了鹽場的司機、山匠、燒鹽匠、桶子匠、挑水伕、轎伕、船老闆等普通勞動群眾。其中有兩個人物形象是至關重要的。一個是看守祠堂的叫化大爺，這是一個類似《紅樓夢》中賈府的焦大式的人物，他是當年「王四大人」的救命恩人，又是王三畏堂家族興衰的見證者，開篇由叫化大爺來講述「王四大人」的傳奇故事，整部小說又是在叫化大爺「落氣」的喧鬧聲和鞭炮聲中結束的。顯然，他是一個封建鹽業家族覆滅的陪葬品，作者賦予這個敘述者和見證者象徵意義是非常明確的。

另一個正好與之相反的形象，是到鹽場當雜工的李老么。幼宜從小就與李老么有著深厚的友誼，「幼宜見著李老么如見著一個久別的親人」。這個在「鄉下熬不過往井上跑」、到井上「跟做牛馬差不多」的年輕人，最終在洋學生老龔、老秦的啟發引導下，成為了鹽場工人運動的「提調」，直接領導和參與了鹽場工人的罷工和遊行示威。這本書出版二十年後，王於〔註10〕杞老先生對全書進行了重新校訂，並於一九八五年在他年屆八十之時，意味深長地作了一個尾批：「封建家庭氣勢消，工農群眾展雄豪。自流井廠誰當令，當令人是李老么！」〔註11〕作者毫不憐惜封建家族的衰敗，其愛憎分明的立場是一以貫之的。

四

食鹽是人類生活中的必須品，鹽務歷來為國家之大政；自流井地處封閉的內地，它的井鹽生產更關係到本省以至雲、貴、藏、楚等地的國計民生。在文學作品中，要能成功地表現井鹽生產的悠久歷史和它特殊的生產方式，不少作家對此望洋興歎。王余杞十六歲就離開家鄉，但他深深地眷戀著這塊養育他的土地。他既是出身於鹽業世家，對於此地「特殊出產和特殊的社會情形」自然比別人多知道一些。為了寫好這部長篇，他於1933年和1934年兩次專程回故鄉搜集辦井燒鹽的新材料和商業資本入侵的具體情況，然後以自己家族的興衰為生活原型，衍化出人物故事來。

《自流井》將古老神奇的井鹽生產方式和自流井地域文化第一次寫進了宏篇巨製之中。這部被稱為鄉土文學的長篇小說，生動地描繪了鹽場風貌：「天車繁密得像蔗林，黑煙騰空，像一片濃霧，機器單調的喧聲，轟得人說話都要放大喉嚨——卻也使人興奮，轟聲正表示出生活的掙扎，如萬馬軍中生死存亡的決鬥。」「山坡上，最高處有一座筧樓，底處也有兩座筧窩，四面八方的筧竿，兩根一排三根一排地一同伸達筧窩，好像無數的長蛇伸直了身子圍集著水缸吃水。」「灶房裏蒸騰著熱氣，充耳一派沸騰聲，鹽鹵氣味更加濃烈，幾乎換不過氣。地下一行行地安置著鐵鍋，鐵鍋裏滿鍋白色泡沫在那裡翻滾。」我們現在已經很難見到自流井鹽場當年的景觀，讀到這樣的文字，喚起沉睡的記憶，尤覺親切和珍貴。

〔註10〕應為「余」。
〔註11〕王余杞先生於1983年10月，對1944年原版《自流井》作了重新校訂，並於1985年端午在「校後記」的後面寫下了這首詩，原件現存上海中國左翼作家聯盟會址紀念館。

作者還以王家少年幼宜的視角來寫鹽井的開銼，鹽鹵的提取，鹵水的筧運，火井盆的安置以至熬鹽的工藝等等，寫得饒有興味，令人神往：

> 想像著那下銼的光景，兩排兩手泥污滿臉流汗的工匠站在井口踩架上，中間橫著一根活動的木條，前端便繫著墜下井裏的鐵銼。兩排人同時向著橫木後端一站，叫它的前端翹起，井下的銼便隨著往上一提，很快地兩排人分頭跨下來，前端落下，井下的銼也跟著落下，落下去砸剌一下泥土或石頭，這就也許加深了一分。接連不斷地一分一分地加深著，然而須得深到三百丈啊，將一分和三百丈來比，相差該是多大呢！

這是鑿井的一段描寫，不僅可以使人獲得相關的感性知識，更重要的是隨著少年幼宜的好奇和追問，讀者自然會被鑿井工匠的聰明才智和頑強意志所震撼。再看神奇的火井盆：

> 辦井辦到一百七十丈之外，也就有火，見火之後，在井下面一丈多深的地方挖空，安一個木盆，就叫火井盆。盆有丈把來高，周圍三丈大——這周圍，是就盆底說，盆頂卻小一點。在盆底的邊沿上插入竹筧，少則幾根，多則十幾根。……然後將盆封好。但是，盆在井口下，所以正對著井口的地方先要留下跟井口一般大小的洞，以便下筒推水。火氣上升，聚在盆內，由筧運出，這筧也是埋在地下，只是隆起一條土埂子，倒隱約分辨得出來。

這是一個天然氣和鹵水分離的裝置，既可避免由天然氣引起的火災，保證鹵井的安全，又把天然氣從井裏引出，輸送到灶房熬鹵製鹽。這些知識，都是由掌櫃的學徒周老表給幼宜現場講解的：

> 你們看這一鍋花鹽。那邊將灌滿一鍋水，灌下水去，就把火點著，熬到水裏出現了鹽花，再加一點水，……豆漿下去，將水澄清……水面上就會浮起一層黑泡子……這時候就要將黑泡子打出去。再加豆漿還有母子鹽渣，……減小火力，讓它慢慢地熬。熬成鹽，熬成的鹽跟雪花一樣，又白又亮，……以後就鏟起來，裝進竹蔑簍中，使它的汩濾盡，濾得乾乾淨淨，又把滾開的乾淨鹽水朝竹簍上淋下，鹽就結成晶，顏色也變得更白，更白……

作者至少用了三個以上章節來寫井鹽生產——這個複雜而宏大的系列場景，與小說的情節、人物的經歷融為一體——它的神奇、它的功效，「比聽龍

門陣有趣得多」，它的科學含量中所折射出的豐富的想像，它的勞動創造中所包含的堅忍不拔的精神力量，都無可替代地體現了井鹽文化的精髓。

作品進而在更為廣闊複雜的社會生活場景中，表現「產」、「運」、「銷」三者的聯繫以及引起的一系列矛盾，表現鹽業家族與商會、衙門、軍隊、勞工的相互關係與爭鬥，還涉及到興辦義學和井鹽生產方式的變革等等，為我們揭開了鹽業世家的重重帷幕，使我們得以窺見它的家族結構、企業經營、利益分配和生活狀況，因此，從某種意義上說，這部小說的社會價值，恰好就在於它再現了自流井當年「特殊的出產和特殊的社會情形」而為世人所矚目。

作者在本書的《校後記》中寫道：「人都愛著他的故鄉，我自然是熱愛著自流井，每因為愛之深，望之切，責備求全，在所不免。」在這部作品中，作者以他對故鄉的情愛，寫出了自流井獨特的習俗和地域文化氛圍：新年正月夜裏的燈會遊藝，吸引著一直洶湧到東方發白的人們；春日裏「嗚嘟嘟」的過山號和已然撲向彩雲的風箏把童年的夢幻引向天際；端午節的粽子、鹽蛋、雄黃酒，以至門上掛的菖蒲和艾葉，散發出略帶苦澀的川南風俗的異香；盛夏時節，去水塘浮「狗扒騷」、浮「仰天推」、踩「假水」、裁「汩斗」，更把少年的情趣和故鄉的山水交融一體。至於封建家族的祭祀，宗祠的月會，輿馬的排場，抽大煙的講究，「井主們出入於他們的井灶，奔走於軍閥權門，壟斷當地公事，鎮日家吃喝嫖賭。坐在茶館裏說女人，曲著指頭挖鼻孔」等腐朽糜爛的封建習俗的腐臭，則在作品中給予了無情的否定和鞭撻。

作為地域文學（或鄉土文學），這部長篇小說在語言上更具有濃鬱的自流井地方風味。作者在《序》中聲明，「最近出版的《小說家》上，有人批評我的寫作，說是太『文』。這『文』，我自己早已感覺到，但這與其說是我積習難除，故意造作，還不如說因我生長在自流井那地方習慣了半文不白的語調的原故。」其實，在這段文字中，已清楚地表明了作者對語言的要求：第一，要避免太文，盡可能口語化；第二，要保持自流井的語言特色。這部作品的語言質樸、平易，具有娓娓道來的敘述風格，且又簡潔、明快，不乏精彩動人的描繪。不僅對話語言，而且在敘述語言中大量採用自流井方言土語，給這部作品烙下了地域特色的徽印，如「妙竅」、「扮燈」、「相因」、「行市」、「背時」、「訣人」、「認黃」，「舐肥」、「鬧派」、「撒攍」，「滅嗝」、「丘二」」、「棒客」、「吼叭兒」、「吃香香」、「扯市口」、「涮罐子」、「清絲嚴縫」、「塞炮眼兒」等等。我們不能設想這部名為《自流井》的小說用北京話、天津話或別的什麼話寫出會是什麼

貨色。唯其自流井方言土語的運用，更使作品充滿了鄉土活力，並增強了作品語言精微的表現力和幽默、沉鬱的風格。

　　一位自貢籍的當代著名學者曾經指出：王余杞和《自流井》的價值不僅僅在於一位自貢籍作家寫了一部老自貢題材的小說，它的寶貴價值在於留下了自流井特別的歷史和文化的寶貴寫真，並從中體現出深沉的文化反思〔註12〕。當我們重新解讀半個多世紀以前的作品的時候，一定要回到當時的歷史語境，從當時的政治、經濟、文化、包括民間習俗、社會思潮等方面給予科學的合乎客觀實際的考量和定位。可以說，迄今為止，我們還沒有一部文學作品能像《自流井》這樣真實地、全景式地描繪自貢鹽場的歷史，滿懷深情地表現這快神奇的土地，表現我們的前人的偉大創造和特定時代的精神風貌，王余杞無疑是表現自流井地域文化特色最自覺、最成功、最有代表性的作家。《自流井》無論是從成書的年代、題材的價值、還是從形象的塑造，乃至方言土語的運用等幾個最基本的要件上看，它都是鹽都現代文學當之無愧的奠基之作。這是毋庸置辯的。

　　王余杞是中國現代文學史上有著獨特貢獻的重要作家，由於歷史的原因，他的作品多已散佚，對他和他的作品的研究，一直受到相當大的侷限。早在上個世紀八十年代初期，現在供職於上海社科院的陳青生研究員就專程到自貢收集王余杞先生的著作以及相關資料，並與王老先生保持了較長時間的通信。遺憾的是，他沒有能夠親自見到這位老作家，除了在自貢檔案館收集到一部分著作與資料以外，沒有能夠找到王老更多的作品（這對於王余杞本人及其子女來說都是無法了卻的心願）。迄今為止，學術界主要的研究文章有：陳青生的《王余杞和〈我的故鄉〉》、王發慶的《王余杞和他的長篇小說〈自流井〉》《從〈自流井〉到〈我的故鄉〉》、陳思遜的《自貢籍左聯作家王余杞》、曾廣燦的《王余杞與天津》、黃小同、常勇的《王余杞與〈當代文學〉》、楊方笙的《讀王余杞詩集〈黃花草〉》等。值得重視的是，四川大學潘顯一教授的《新文學與四川作家論辯》與西南大學李怡教授的《現代四川文學與巴蜀文化闡釋》等著作中都有關於王余杞的專章論述，四川大學文學與新聞學院《現代中國文化與文學》2006 年第三輯中首次刊載了《王余杞書信選》。值得稱許的是，西南大學研究生陳裕容在其導師李怡的指導下，在自貢、重慶、上海、天津、汕頭

〔註12〕引自潘顯一：《新文學與四川作家論辯》，四川文藝出版社，1996 年 5 月。

等地廣泛收集文獻資料，發表了《王余杞創作訪談》、《王余杞小說略論》，並於 2007 年 3 月完成了碩士論文《王余杞考論》。雖然我們對王余杞及其著作的研究、包括對《自流井》的研究還不夠全面，不夠充分，但可以肯定，一代又一代的學人，必將把這項研究工作堅持下去，深入下去。

　　《自流井》這部中國現代文學史上的重要著作已沈寂半個多世紀了，它的再版，不僅給這部著作的繼續傳播提供了可能，而且，從搶救和保護文化遺產的意義上講，它回應了我們多年來對自貢井鹽文化的挖掘和追問。《自流井》的再版，使我們回到了這個追問的起點，答案或許就在你、在我、在他、在每一個讀者的審美和歷史判斷的過程之中。《自流井》的再版，定會讓更多的讀者有機會參與這個終極追問，必將推動對王余杞及其著作的全面深入研究，而這種追問和研究的本身就意味著文學作品的無窮魅力，並由此超越時空，帶著各自的困惑與遐想去親近作者崇高而不朽的靈魂……

1990 年 11 月初稿

2008 年 7 月修訂

王余杞和《我的故鄉》〔註1〕

陳青生

　　1938 年 7 月，王余杞在平津淪陷後，輾轉奔波，回到闊別將近二十年的故鄉——四川自貢。他原先打算只在故鄉小住一段時間，看望臥病的妻子，然後奔赴抗日民主根據地。後來卻因一位舊友竭力邀請，留在自貢，於是年 8 月接任當地《新運日報》的主筆。

　　《新運日報》是川康鹽務局的機關報，創辦於 1937 年間。其主要任務，是隨時公布鹽務局的「大政方針」，為維護鹽務局的利益製造輿論。這份四開對折型小報，主要刊載鹽務局的各類公報，餘則剪輯轉載成、渝等地報刊的消息、文章。

　　王余杞主持《新運日報》筆政後，即對該報進行了一些改革。其一是增添「短論」。對此，王余杞解釋說：「先時報紙逐日無『短論』，我則以為報紙為言論機關，言論表現，端賴論文，遂規定每日必刊『短論』，闡明報紙立場。」〔註2〕這類「短論」，側重於評論時事政治、指點社會情狀，多由王余杞撰寫，篇幅短小，至多四、五百字，刊於報紙第一版下方。其二是加強刊載內容的地方性。王余杞認為，在緊要新聞方面，《新運日報》難與成、渝兩地報刊競爭，故而「莫若轉注本地風光，概以『此時此地』為原則，進謀充實本地新聞〔註3〕。其三是與上兩項改革相呼應，王余杞有意仿傚郁達夫戰前在《東南

〔註1〕1996 年 5 月 18 日刊載於《作家報》。後收入王余杞著，王平明、王若曼整理《王余杞文集》（下），花山文藝出版社 2016 年版，第 643～646 頁。現按文集版錄入。

〔註2〕王余杞《交差聲明》，1939 年 4 月 21 日《新運日報》。

〔註3〕王余杞《交差聲明》，1939 年 4 月 21 日《新運日報》。

日報》連載散文的方式，也在《新運日報》第一版左下方緊挨」短論處，增闢一個連載自己散文隨筆作品的專欄。此舉「一以補短論之不足，一以充實報紙言論篇幅，一則本『此時此地』之義，期以現實題材報導於讀者之前」〔註4〕。這個專欄定名為《我的故鄉》。

《我的故鄉》於 1938 年 8 月 1 日問世。到 1939 年 4 月 30 日，在這一專欄下，幾乎每天刊出一篇王余杞的散文隨筆作品，少有間斷。《我的故鄉》中的作品，每篇有各自的小標題，篇幅除少數幾篇較長外，大都在千字左右。1939年 4 月間，王余杞的主要精力轉向編撰《自貢市》叢書，宣布辭去《新運日報》文藝副刊（《新運副刊》）的編務，對《新運日報》的筆政實際上也無遑多顧。在此後 5、6 兩月間的《新運日報》上，《我的故鄉》僅露面六次，此後便消失了。如果將 1939 年 7 月 7 日至 9 日王余杞在《我的故鄉》位置發表的《「七·七」》也算在內，那麼，《我的故鄉》前後歷時幾近一年，共有作品二百四十篇左右。

《我的故鄉》的顯著特點之一，是題材廣泛，內容繁雜。或描寫故鄉風土人情，或回憶往事經歷，或抨擊時弊陋俗，或論政談軍、分析形勢，還有討論科學技術，紀念先賢名人，以及講述故鄉文史掌故等等。總之，作者將自己當時當地的所見所聞，所思所想，隨時命筆成篇，揭載報端。

《我的故鄉》的又一特點，是多方面、多角度地宣傳愛國愛鄉、團結抗戰。論政談軍、分析形勢的作品，大多抓住抗戰中的種種現實事件與問題，進行簡明扼要、情理交融的評論，說明堅持抗日救國的道理，對破壞抗戰的行徑給予抨擊。《八·一三》說明「中國是整個的國家，牽一髮而動全身」的道理，號召四川人民與全國人民團結一致，「協力共謀消滅敵人，乃可重謀復興」。長達四千餘字的《七七》，結合對中日兩國兩軍實際情況的分析，對抗日戰爭須堅持持久戰、消耗戰、游擊戰、短兵戰的主張，進行較為周詳的介紹。《自重》號召外省人與本地人相互尊重，共赴國難。《國難》、《徵丁》、《組織與紀律》等，則在肯定抗戰時期個人利益必須服從民族利益、所有國民都有責任和義務為民族救亡事業出錢出力的同時，對國民黨統治當局存在的種種腐敗現象和破壞抗戰行徑進行了譴責。談文論藝的作品，如《所望於今日本市文藝工作者》和《「無關抗戰」文章》等，呼籲文藝工作者投身抗戰宣傳事業，提倡「文藝為抗戰服務」。那些談風土人情、憶往事經歷的作品，也在傾訴對祖國、對故

〔註4〕王余杞《我的故鄉·人——牛——機器》。

鄉、對和平生活的深摯熱愛之中，蘊含了對民族劫難的深沉憂憤，對民族復興的堅定信念。那些紀念先賢的作品，往往將對於先賢高尚道德的仰慕，與對他們追求真理，獻身民族的光輝業績的崇敬聯繫在一起。王余杞在當時不止一次談到魯迅，談到魯迅對「人的解放」的追求，他呼籲「勿忘魯迅先生一生高呼著的：『人應當活得像個人的樣子！』」〔註5〕他張揚魯迅的呼聲，激勵被壓迫被剝削者反抗階級壓迫、擺脫愚昧落後，激勵被欺侮被凌辱民族反抗帝國主義的侵略奴役。

　　《我的故鄉》的第三個特點，是反映現實問題迅速快捷，論述某些問題尖銳深刻。重慶文藝界剛開展批判「與抗戰無關」論，《「無關抗戰」文章》即予以呼應；汪精衛投敵叛國消息一經傳出，《汪精衛對不起四川》就進行譴責；剛剛進入冬季，《寒衣》便號召後方民眾為前線將士募捐寒衣；當地的迷信活動愈演愈烈時，《施孤》、《處「迷信」以「遊街示眾」》則給與抨擊等等；這些都是《我的故鄉》迅速反映各種現實問題，積極干預現實生活的部分實例。《我的故鄉》論述問題的尖銳深刻，主要體現在對於某些時弊的抨擊，沒有僅僅停留在揭露愚昧醜惡現象的層面上，甚至並不僅僅以是否有利於抗戰為滿足。例如：《定價》《適者生存》《賤》《性》《管閒事》等，除了批評「迷信」活動、針砭醜陋習俗，還將這些現象與魯迅早先提過的「劣根性」聯繫在一起，號召改造這種「劣根性」。那些談科學技術、文化教育以及日常生活起居的作品，也往往包寓提倡尊重科學、移風易俗，使中華民族健康發展的含意。將民族救亡與民族傳統文化中某些深潛惰性的改造結合起來，無疑是從更深層次上對民族存亡與復興問題的思考。《國難》《組織與紀律》《徵丁》《政出多門》等，又將國民黨政府當時的腐敗現象，與執政者是否真正與民眾站在一起的問題聯繫在一起，提出尊重民眾、解放民眾、革新政治，才能真正發動廣大民眾擁護抗戰，投身抗戰，復興中華。這些文章不僅對國民黨統治政權種種背離民眾利益，損害民族大義的行徑表示了明顯的不滿，也直截了當地指出了當時大後方民眾何以動員不起來之類消極現象的根本原因。

　　王余杞早年曾加入中國共產黨，30 年代又參加左翼文學運動，在平津淪陷後的返鄉途中，還折道訪問晉西北的八路軍根據地，與劉白羽共同寫出了聞名一時的報告文學集《八路軍七將領》。王余杞對國民黨政權的不滿與抨擊，包含了他的明顯的政治傾向，他後來也因此遭受國民黨特務機關的注意和迫

〔註 5〕王余杞《洪流回漩》，《自貢現代革命史研究資料》第 20 期，1983 年版。

害。他的作品也有過被「新聞檢查所」刪改、「免登」，以至「扣留」的遭遇。
王余杞後來說：「幸虧我有時一寫幾篇，同時送去，實際上只用一篇，預作儲
備，遇上『免登』，就以儲備補上，以示抵制。」〔註6〕從這裡不難看出王余杞
當時從事抗戰文學活動的艱險。當然，王余杞的「抵制」，只能使事態愈加嚴
重。他後來為躲避國民黨警特緝捕不得不潛離自貢，但隨即終在成都被捕入
獄。這與《我的故鄉》中的政治傾向，顯然有很大的關連。

從《我的故鄉》中，還可以看到王余杞散文寫作的藝術風格：文字簡潔樸
素，描寫詳略得當，抒情深切委婉，又不乏具體生動的形象刻畫和恰到好處的
氣氛渲染。請看懷念北平的《秋霖》片段：

> 現時已屬秋天，一到秋天，更使我難忘北平。北國之秋，正不
> 知迷戀了多少中外人士！「秋高氣爽」，只有在北方才可以領略得到：
> 那時節，天幕四垂，晴空一色，一片悠悠的蔚藍深碧，又高又遠；
> 偶然飄過縷縷白雲，乃益襯出無邊碧落的澄明瑩潔。

> 松柏經秋，愈見蒼老，虬枝翠蓋，高出牆頭。——牆是紅色，
> 覆以琉璃黃瓦；豎柱橫樑，或紅或綠；欄檻窗格，畫彩描金；鮮明
> 的色調，叫人心為之清，意為之遠，氣為之靜，神為之寧。難忘難
> 忘，徒勞夢寐！

《秋霖》是《我的故鄉》中的佳作之一。當然，作品的內容不同，其寫法、
情趣也有差異。《我的故鄉》中有些評論時局、針砭時弊的作品，不乏「新聞
性」，實際上帶有報紙評論的性質。這些作品的寫法和風格，自然與嚴格意義
上的散文隨筆，有所不同。

《我的故鄉》中也有一些應付急用、未經深思精構的「急就章」，藝術處
理不免粗糙。然而，這樣的作品不具有代表《我的故鄉》總體的資格，充其量
是璧中之瑕。

《我的故鄉》是王余杞在抗日戰爭時期滯留故鄉期間的主要文藝作品，它
是王余杞在當時所思所想、所作所為的一部分記錄，也是著名鹽都當時社會世
態、歷史風情的一段留影。其中有些作品如《樹人學堂》《三畏堂》《蜀光中學》
等，又為考察自貢文化教育事業的歷史發展，提供了重要史料；《久大問題》
等，則對瞭解和研究自貢鹽業歷史尤其是製鹽技術的發展，具有重要參考價
值。這是《我的故鄉》超出單純文藝價值以外的其他價值。

〔註 6〕王余杞《洪流回漩》，《自貢現代革命史研究資料》第 20 期，1983 年版。

　　抗戰時期的自貢，是川南地區的經濟文化重鎮。當時川南地區的抗戰文藝活動，也以自貢最為活躍。《新運日報》除自貢外，還在樂山、宜賓、內江等地發行，從這意義上似乎也可以說，《我的故鄉》堪稱抗戰前期川南地區抗戰文藝散文創作的主要成績和代表。

一九八四年

《黃花草》簡介〔註1〕

王華曼

　　去年，我考慮到父親去世已近十年，應當再為父親做點什麼來告慰他老人家。於是，我寫信給我在河北的妹（父、母親晚年與她同住最久），要求她在父親的舊書箱中再找一找有什麼文稿和遺著，結果果真找出了父親用小筆記本抄寫的絕句詩一千六百多首，跨度為 1959 至 1985 年，且已命名為《黃花草》。現就汕頭市作協副主席黃廷傑同志選出的 21 首簡介如下：

　　父親由於秉性剛直，1957 年被劃為右派。1958 年到十三陵水庫勞動，1959年春節前夕被通知到青海西寧路局報到，參加修建蘭青線。在零下 20 多度的荒郊野外，每天八兩定量配一點鹹菜，早已年過半百的父親要面對一日七立方土石的任務，其艱苦程度可想而知（見《冷》）。但他依然樂觀、充滿信心（見《春》）。當見到母親寄去的報紙，載有中共中央關於右派摘帽的決定，他是多麼地感激涕零（見《音訊》）。父親自幼在「五四」運動及祖父的影響下，就具有極其深厚的報國之心（見《讀史》和《兒女情》）。但是，父親對自己的處境又是多麼的不甘和委屈，在黃河灘開荒種地時寫了《心不死》，參加鷹廈鐵路修建時寫了《吾往矣》，在沙縣採石場寫了《零》。父親和母親 1932 年結婚，數十年患難與共，相濡以沫，1963 年他在福建山林裏拾了兩粒紅豆，放在信封裏給母親寄去，以表思念（見《紅豆》）。1966 年父親辦理了退休，並獲摘帽，欣喜異常，千里迢迢回到他夢牽魂縈的北京。途經上海時寫了《弔魯迅墓》，在北京寫了《驚聞老舍跳水》。父親是很富人情味的，許多詩句流露了他在這方面的感情，如《過故居》、《學步》、《悼朱總》、《洗塵》等。

〔註 1〕發表於《新文學史料》1999 年第 3 期，第 116～118 頁。

　　《黃花草》不謹使我們瞭解了父親從未對我們說起過的經歷,更重要的是助我們進一步認識父親的人格和品德,以及作為一個左聯戰士所具有的對國家、對社會那種強烈的責任感。

　　《黃花草》記錄了在五、六十年代靠人挖肩扛修建祖國大動脈的艱辛情景;記錄了文革那場浩劫的某些側面;記錄了當時國內外發生的一系列大事……因此,它又是一份珍貴的歷史資料。衷心希望它有與世人見面的一日。

王華曼(或曼子)

春
山外有山皆積雪,水中無水不成冰。
喜它雪地冰天裏,綠上枝頭已現春。

1959.3.15 青海東營村

注:本詩意盼望春的消息

紅杏花
兩面高山呈赤土,一河濁水卷黃沙。
誰家矮屋短牆內,含笑迎人紅杏花。

1959.5.14 青海東營村

讀書
春節四天多可貴,平安鎮上訪新華。
新書舊籍貪搜購,擁被床頭賞百花。

1960.2.9 青海平安驛

讀史
提筆早懷報國志,守邊終動戀鄉情。
我今垂老來青海,還願生時出玉門。

1961.3.18 青海民和

注:王老在此借班超寓意自己還要將鐵路修到新疆。

吾往矣
徘徊孔雀東南飛,一事嗟蹉百事非。
風物長量吾往矣,杜鵑休勸不如歸。

1963.4.15 福建 487 公里處

紅豆

嬌紅粒粒舊風姿，老去情懷戀少時。

撿附魚書憑寄與，天南地北慰相思。

1963.6.29 福建

注：王老從山林裏拾了兩粒紅豆寄給夫人。

驚聞老舍跳水

「長江無蓋」記當年，未名湖中踐諾言。

《茶館》莫論國家事，《龍鬚溝》裏竟翻船。

1967.7.13 北京

注：王老憶起抗戰時，老舍在重慶曾言：「長江沒有蓋子，日本人來了我就跳」。擬以身殉國。

過故居

瑞金路上十八條，早是新牌換舊標。

行過故居門已塞，牆頭不見棗凌霄。

1974.9.6 北京

學步

還沒學爬先學走，搖搖擺擺撲人來。

抱拳甩腿兩三步，做人端端定不歪。

1976.5.17 河北槁城

注：指王老之外孫——小健。

悼朱總

（集句）

只隔西南一片雲，蜀江水碧蜀山青。

南山棟樑益稀少，長使英雄淚滿襟。

1976.7.6 河北槁城

王老注：一句見宋・王安石《赴道中》，二句見唐白居易《長恨歌》，三句見唐柳宗元《行路難》，四句見唐杜甫《蜀相》。

洗塵

一桌一幾都有情，多年依傍倍相親。

北來輾轉三千里，拂拭殷勤當洗塵。

1976.12.23 河北槁城

王老注：平明去沙縣搬家，全部家具行李運到。

我的父親王余杞——
寫在《自流井》再版之際[註1]

王華曼

　　父親的遺作——長篇小說《自流井》終於再版了，對於父親來說，雖然沒有能夠等到這一天，但畢竟遂了他的遺願，作為他的子女，我和二妹若曼、三弟平明及我們的家人，感到無比欣慰，我們對自貢市政府的相關領導以及參與和支持這項工作的同志，充滿了感激。

　　父親被病魔纏身近十個年頭，終於在 1989 年 11 月 12 日遠離我們而去了。他是一個對子女十分寬容、支持子女奮發向上的父親。在我記憶的長河中，我們姐弟小時候無論怎樣淘氣，怎樣打擾了他伏案工作，他都極少斥責我們。我常坐在他的膝上聽他講安徒生童話、講《一千零一夜》，讀冰心的《寄小讀者》和學唱抗日救亡的歌曲。小學時，我不僅囫圇吞棗地看父親書架上的進步書刊，而且生吞活剝地偷看他抽屜中經過偽裝的禁書，如裝潢成線裝《石頭記》的《死魂靈》等。中學時，更直接接受了父親思想影響，憎恨貪官污吏的橫征暴斂，最後導致我走向革命。入伍時，我還不足十六歲，我是長女，弟妹都還幼小，父母不僅希望我留下繼續求學，也希望我在家協助帶領弟妹。但是，當父親見我決心已定，終於放棄了小「家」的利益，慷慨詠詩《送曼兒南下》，發表在當時的《天津日報》：「天翻地覆史更新，眾志成城夙願伸；南下叮嚀當緊記，向人學習為人人！」表達了父親當時的情懷。1954 年，我從部隊轉業，考入華南師範大學，當時我的大兒子剛八個月，為了支持我升學，父母親代我撫養孩子直到我畢業。那是何等的四年啊，兩位老人無論遇到多大的控折和困

〔註 1〕王余杞著《自流井》，大眾文藝出版社 2009 年版，第 209～213 頁。

難，始終沒有中斷過支持我和供弟妹讀書。我的妹妹和弟弟在那極左的年代，都爭氣地分別考上河北醫學院和中國科技大學。自我參加革命直到我和愛人離休後接老父來汕同住的四十年間，由於種種原因，回家探視父母的機會很少，更談不上贍養，面對父母對我的養育和支持，我是有愧的，但是寬容的父親，無怨無艾，始終疼愛他的孩子和所有的親人。

父親於 1905 年 3 月出生於封建鹽商家庭，但不留戀那種養尊處優的寄生生活，與家庭決裂，於 1921 年由親戚帶到北京上學，靠勤工儉學，就讀於北京交通大學，畢業前夕還東渡日本實習。在交大期間（1925 年）即與我地下黨取得了聯繫，並加入中國共產黨（因係單線聯繫，組織被破壞後沒有能夠恢復組織關係），參加創辦平民夜校，幫助勞苦群眾學文化，學科學。與此同時，不是文學科班出身的父親，一個窮學生，「只是被一些社會現實刺激著，如骨鯁在喉，不吐不快」，開始了他辛勤的寫作生涯。從 1930 年至 1937 年，短短的七年間，在魯迅、郁達夫等前輩的關懷指導下，父親利用業餘時間，發表多篇短篇小說，出版了三個短篇集：《災梨集》（係與人合出）、《惜分飛》、《朋友與敵人》，還出版了小說《浮沉》、《自流井》、《急湍》、《海河汩汩流》等長篇。這個階段，父親參加了左聯，創辦了北方左聯刊物《當代文學》，以及《荒島》週刊「噓」，並協助革命青年詩人們主辦《海風》詩刊等。父親的文章，揭露了封建地主豪門，鞭撻了帝國主義侵略者，抨擊了當局的黑暗統治。「七‧七」事變，天津淪陷，友人向父親透露：他已上了日本特務的黑名單，父親只好拋下母親及我和大弟，隻身南下，參加了上海救亡演劇隊，奔赴抗日前線。在此期間，父親與劉白羽共同採寫了《八路軍七將領》，並出版了單行本。這些通訊熱情謳歌了老帥們及抗日將士的英勇業績，大大鼓舞了前後方的抗日鬥志。後來，父親回到家鄉四川自貢市，任《新運日報》主筆，同時出任當地赫赫有名的抗敵歌詠話劇團團長。由於一系列的抗日救亡活動，父親於 1940 年 3 月在成都被當局投入了監獄。我的母親聞訊，心急如焚，帶著未滿 7 歲的我多處奔走，最終由友人王冶秋請馮玉祥將軍具名保釋出獄。

父親始終是努力奮發向上的，是充滿戰鬥拼搏精神的，又是忍辱負重、不計個人恩怨的。解放前夕，他在天津市府工作，1949 年 1 月天津解放，他接受地下黨的指示，保存了部分市府檔案，並於解放後愉快地辦理了移交。「天翻地覆史更新，眾志成城夙願伸」，的確是他發自肺腑的歡呼。五十年代初，他重新回到自己熱愛的鐵路專業，在鐵道部人民鐵道出版社任編審。但在反右

鬥爭中，他被錯劃為右派，送到青海高原勞動，最後下放到福建鐵路的一個採石場。黨的十一屆三中全會以後，父親得到徹底平反，獲得了新生。在為國為己歡慶之餘，父親痛惜失去了的歲月，他恨不能時光倒流，一面四處尋找失散的書稿，一面也認識到自己要重新創作已力不從心。於是，他一個七十五歲的老人，又埋頭複習起英語來，他想搞翻譯。在和煦的春風吹拂下，我的已年近八旬的老父親，以和生命賽跑的驚人毅力，居然和老友聞國新叔叔合作，在1984年出版了他最後的一本書：《歷代敘事詩選》（為古代詩歌選講專著），並且撰寫了近萬字的序言，闡述古代敘事詩的發展、敘事詩的特徵，見解獨到，具有相當深厚的國學功底和學術價值。他還為《新文學史料》、《天津文學史料》等期刊寫過多篇回憶性文章，如《在天津的七年》、《記〈當代文學〉》、《冶秋和我》等，留下了研究中國現代文學的極其寶貴的資料。在這十年間，黨和人民給父親以充分肯定；邀稿的信件如雪片飛來；華中理工大學聘他為兼職教授；《中國文學家辭典》稱他為現代作家，介紹了他的簡歷；海外也傳來佳音：他失散已久的長篇小說《自流井》，竟赫然陳列在華盛頓──美國國立圖書館的書架上；為紀念「左聯」成立六十週年，上海魯迅紀念館來函邀請他這位左聯老戰士撰寫回憶；湖北《當代天下名人作品徵集專藏室》來函徵集父親的作品、手稿、簡歷、照片和錄音資料等等。但是晚了，一切都晚了⋯⋯

1988年，母親病逝，對父親來說，相濡以沫五十六年的老伴棄他而去，無疑是沉重的一擊。極少流淚的父親整日以淚洗面，睡覺的時候無論床有多寬大，他都只睡外側的一半，我們怕他摔著，把他往裏推一點，他總是說：「不，不，那是你們媽媽的位置。」為了改變一下環境，以免他睹物思人，我和老伴將父親從住了多年的妹妹家接來汕頭。本以為氣候宜人、食品豐富的南國，能讓老人多過幾年好日子，可惜這時的父親已八十三歲高齡了。我們帶他故地重遊：愛群巷、外馬路、新華書店、中山公園⋯⋯父親蹣跚地移動著腳步，順著我們的手指吃力地轉動著頭頸，臉上沒有表情，混濁的眼眶，慢慢充盈了淚水。他行動日益不便，耳朵聽不清，眼睛看不清，不願開口說話，手腳發顫。他不能看書更不能握筆，這對父親來說又是沉重的一擊。最後病情加重，住院三個月，醫生也已回天無力，父親帶著諸多遺憾，永遠地離開了我們。

父親生前最大的願望，就是重新找回他的作品，而在他所有的作品中，《自流井》又有著特殊的感情和特殊的地位。他曾於1933年1934兩度回到家鄉，詳盡地搜集資料，回天津後立即投入長篇小說《自流井》的創作。父親以他作

家的眼光洞察人生，洞察社會，通過一個封建家族的興衰，折射國家民族的命運。可以說，這是一部帶有自敘傳性質的小說，從書中的少年主人公──幼宜身上，就可以看到我父親少年時的影子：博學強記，有極強的求知欲，十三、四歲就已將《三國》、《列國》、《水滸》、《紅樓夢》、《聊齋》等名著爛熟於心；北上求學後，接受了進步思想，成為了封建家族的叛逆，「冒著寒風，昂頭吶喊，參加『一二‧九』學生運動」……他以小說的形式，詳盡地介紹家鄉的井鹽生產流程、旖旎的風光、傳奇的民俗、勤勞的人民，這一切都基於父親對家鄉、對祖國，對人民的熱愛。他當時一邊寫，一邊以連載的形式發表，歷時約一年，終於完成。再經修改，全部謄清，已到了 1937 年夏天。因天津淪陷，脫險南下，輾轉數載，直到 1944 年《自流井》才在成都東方書社署名曼因出版。其實，這部書稿的保全，還有著一段傷心的經歷，1943 年冬天，父親在《自流井》的「校後記」中寫道：

> 當天津戰事發生（1937 年），居處淪入火線中，全家大小光人逃走。身外之物本不足戀，但念念不忘於若干文稿，這使得我的女人彭光林喘息未定，復行折返，脫險搶出。其後，更千辛萬苦收拾起來，連同一雙兒女，逃向故鄉。文稿幸獲保全，只可憐愛兒卻因此給拖死了！當今本書問世，使我悠悠念著死去的孩子，且深深謝著我辛勞的女人！

這的確是凝結我父親和全家心血的一部書。1983 年（父親已七十八歲高齡），老人又再次校訂《自流井》，做了逐字逐句、包括標點符號的修改。現在再版的長篇小說《自流井》就是遵照父親的遺願，以他老人家最後的修訂為藍本的。

父親逝世後，在汕頭市作協副主席黃廷傑等朋友們的幫助、支持下，我為父親自費出版了他的遺詩《黃花草》，蜀人學者楊方笙為這本詩選寫了《弁言》。楊老在《弁言》中，開宗明義地寫道：「歷史是公正的。……凡是對人民、對社會發展有過貢獻的人，哪怕他生前被灰塵埋沒，甚至被某些人的唾沫淹沒，到頭來仍然會得到人民的承認，得到歷史的公正評價。」

2005 年，是我父親誕辰一百週年，5 月 16 日，上海「左聯」會址紀念館和上海市虹口區文化局舉行了「紀念王余杞誕辰一百週年座談會」。這是對「左聯」精神的再一次宣傳，再一次肯定，再一次弘揚。與會領導和專家肯定了我父親是中國現代文學史上的重要作家，肯定了他為左翼文藝運動、為抗戰文藝

運動、為天津文學和鹽都文學所作出的貢獻。這些評價和讚揚，更可告慰父親在天之靈。

　　《自流井》的再版是我父親和我們全家多年的願望，我們真誠地感謝為此付出辛勞的家鄉的領導和文學界的同志。父親在《自流井》和他的其他許多著作中寄託了對家鄉興旺發達的祈盼，我謹藉此機會對家鄉和家鄉人民致以最誠摯、最美好的祝願！

2008.7.8

再版後記〔註1〕

王華曼

　　2005 年 5 月，上海中國左翼作家聯盟會址紀念館隆重舉行了「紀念王余杞誕辰 100 週年座談會」，緬懷和紀念這位中國現代文學史上的重要作家。會上，王錫榮、陳夢熊、陳青生等現代文學研究專家呼籲收集和再版王余杞先生的遺著，並希望自貢能將《自流井》這樣的代表作盡快再版。自貢市政府秘書長陳星生瞭解到這一情況後，很快與王余杞的長女——汕頭市離休幹部王華曼取得聯繫，得到了原書複印件及相關資料；與此同時，王余杞的兒子——遠在美國北卡羅萊納州國家衛生研究院供職的王平明博士對長篇小說《自流井》在美國受到重視（該書 1944 年版現存美國華盛頓國立圖書館，書號為K687M19）以及國際上方興未艾的自貢鹽業史研究熱等相關情況及時向我們作了反饋，經過周密的策劃，終於把長篇小說《自流井》的再版提上了工作日程。

　　為了讓《自流井》的再版更富有當今的時代特色和相關的認識價值，王平明博士在自己緊張繁忙的專業工作之餘，就國際上對自貢鹽業史的研究情況作了較為廣泛的查閱，集中翻譯了美國哥倫比亞大學教授瑪德萊妮·澤琳女士的《自貢商人》等專著中對自貢鹽業史的經典論述，其中包括「世界範圍內的自貢鹽業史的研究熱」、「偉大的井——中國的又一世界發明」、「自貢曾是中國最大的工業中心」、「自貢鹽業——歷史上一個令人矚目的中國本土經濟模式」等，寫成了《不可磨滅的歷史光輝——簡介國際上對中國自貢鹽業史的研究》一文，對於我們今天的讀者瞭解自貢鹽業在中國和世界經濟與科技發展史上的地位，進而正確解讀寫於上個世紀三、四十年代的長篇自流小說《自流井》，當會起到開闊視野，加深理解等多方面的作用。

〔註 1〕王余杞著《自流井》，大眾文藝出版社 2009 年版，第 214～215 頁。

　　《自流井》的再版，是一項龐雜而精細的工程。原版採用的是繁體、豎排，且因當年的紙張和印刷質量問題，字跡已經漫漶模糊，再加上其親屬提供的版本是王余杞老先生於 1983 年用毛筆修改的校訂本，就更增加了校勘的難度。按現行圖書出版法規，此次再版對原文變繁體為簡體，並且增加了必要的補充注釋，還選印了幾張自貢鹽場的老照片，對封面和版式都進行了精心設計。參加這項工作的還有漆成康、黃勁、周富民、溫懷情、王發慶、李汝高、宋青山、餘慶、王明全等同志，他們對這份沉甸甸的文化遺產發自內心的尊重以及對作者負責、對歷史負責、對讀者負責的精神是值得肯定的。

　　《自流井》1944 年原版署名曼因，是因為當時王余杞剛「保釋」不久，為避免當局的政治指控而採用的化名，王余杞在其回憶文章和親自撰寫的大事年表中都有明確的表述。此次再版，根據王余杞生前的意願和其子女的意見，正式署名為王余杞。

　　感謝王華曼女士代表王余杞的親屬對《自流井》的再版的授權。在《自流井》的再版工作中，我們還得到了王余杞的二女王若曼、女婿金螢、焦友明、兒媳王娟敏等親屬的大力支持，在此一併表示謝意。

王余杞小說論(1927～1945)
——寫在《王余杞文集》出版之際[註1]

陳思廣　李先

　　王余杞在 20 世紀 30 年代是一個有著較高聲譽的小說家。1933 年 4 月 25 日，北平《晨報》刊載許君遠《浮沉》書評，其中說道：「余杞的工作很忙，但在百忙之中他不斷作文章……他的幾十篇短篇小說，已經給他賺來很大的名譽。現在《浮沉》出版，相信越能穩固他在文壇上的地位了。」1936 年 1 月，南京《中心評論》創刊號《編輯後記》介紹王余杞先生時寫道：「王先生在新文壇上的聲譽，不必我們再來介紹。」可見其在當時的影響。1990 年毛一波撰文寫道：「30 年代前後的新文藝作家，也可說多如過江之鯽，許多人的作品，只是曇花一現而已。其能流行一時，已是萬幸。如不流行，卻從此默默無聞，永與文學絕緣也多的是……在『鹽都』新文學上來說，他當是首屈一指的現代作家。就全國新文壇來看，他亦應有其作家的地位……他是可以傳世的文學作家，則是無可置疑的。」[註2]可是，當今大多數讀者對王余杞毫不知曉，不能不說是一個遺憾。因此，在《王余杞文集》出版之際，有必要向讀者介紹王余杞和他的創作。因其創作成就與篇幅的關係，本文主要介紹其 1927 到 1945 年的小說創作。

一、王余杞生平與創作

　　王余杞（1905～1989），1905 年 3 月 9 日生於四川自貢，筆名曼因、隅棨、

〔註 1〕發表於《重慶三峽學院學報》2019 年第 1 期。現據該版本錄入。
〔註 2〕毛一波《王余杞與自流井》〔J〕，文史雜誌，1990（6）：30～32。

王余等。1924 年,王余杞考入北京交通大學預科,兩年後,他與朱大枬、翟永坤等人合辦了半月刊《荒島》。1927 年 5 月 29 日,王余杞以「王余」為名在《國聞週報》第 4 卷第 20 期上發表了《老師》一文,這是他最早發表的一篇小說,刻畫了一個虛榮、投機、古板的師者形象。1928 年 11 月,北平文化學社出版了他與朱大枬、翟永坤所著的合集《災梨集》,其中「百花深處」部分為王余杞所著,收錄了《么舅》《博士夫人》《活埋》《復仇之夜》《兩個該死的女人》《百花深處》6 篇小說〔註3〕。作者一方面將筆端投向弱者,滿懷同情地描繪出他們飽受時代壓迫的可悲生活;另一方面,將目光投入鄉土,揭示出閉塞鄉鎮舊禮教統治下愚昧麻木的大眾靈魂。由於作者的社會閱歷不足,缺少把握複雜社會深層關係的眼光,創作稍顯稚拙,但流露出對弱者的關注和同情、對鄉鎮愚昧落後的批判精神,難能可貴。1929 年,王余杞把發表在《荒島》上的 6 篇小說與《國聞週報》的 4 篇小說合成一冊小說集,名為《惜分飛》,由郁達夫作序後交由春潮書局出版。這十篇內容相連的小說,以書信體的形式和倒敘的手法講述了 C 君與妻子結婚前後的生活,「以一個丈夫的視角寫一個婦人四個時期的變化」,是一部「寫婦女心理的精細而深刻的著作」〔註4〕。次年,王余杞大學畢業。畢業前,他曾到日本鐵路和幾個大城市去實習旅遊。他深感在日本接觸到的日本人與中國的大不相同,「前者以平等待人,後者卻把我們當作劣等人,這不由不引起我的憎恨」〔註5〕。這次的經歷和感受對他日後創作日本人的形象產生了一定的影響,如《一個日本朋友》中的太郎,《歡呼聲中的低泣》的合田夫人以及《急湍》中的日本士兵都並非十惡不赦之人,他們不過是戰爭的犧牲品。之後,王余杞被分配到北寧鐵路局工作,在天津整整待了七年。社會歷史的巨大變動使他骨鯁在喉,他要以極其嚴肅的創作態度寫出「我們在黑暗中摸索的苦況」,要「以我們自己為對象……盡其所知盡其所能地給我們自己開闢一條道路。互相援引,聯成整體,揭開黑幕,得見光明!」〔註6〕因此,1929 年至 1933 年間,王余杞揮筆寫下了《革命的

〔註 3〕《兩個該死的女人》在 1928 年第 4 期《荒島》上名為《這兩個該死的女人》,在《災梨集》目錄為《兩個該死的女人》,但在所對應的篇目題目中為《這兩個該死的女人》。

〔註 4〕郁達夫《序(二)》〔M〕//王余杞《惜分飛》,上海:春潮書局,1929:5。

〔註 5〕王余杞《在天津的七年》〔M〕//《王余杞文集:下卷》,王平明,王若曼整理,石家莊:花山文藝出版社,2017:567。

〔註 6〕王余杞《那怕只有一個讀者》〔J〕,文藝大路,1935,2(1):3。

方老爺》《窮途》《朋友與敵人》《平凡的死》《犧牲》《楊柳青》《失業》《酒徒》
《女賊的自白》《歡呼聲中的低泣》《季珊君的心事》《一個日本朋友》《生存之
道》《善報》14 篇短篇小說，用現實主義的筆法勾勒了社會各階層人物的生活
境況。這些小說後收入小說集《朋友與敵人》中，由天津現代社會月刊社於 1933
年出版。20 世紀 30 年代，時代的重心由「五四」個性解放逐步轉變到社會解
放上來。順應時代的變化，王余杞以長篇小說的樣式，敏銳地勾連起時代的風
貌，接連創作出版了《浮沉》《急湍》《自流井》《海河汩汩流》等多部長篇小
說，也因之使其無論是在反映局部抗戰的第一線上，還是在鹽都文學的書寫
上，都令人刮目相看。也就在這一時期，王余杞迎來了他的創作高峰。

　　王余杞是一位腳踏「實」地的作家，其作品寫實色彩頗濃。20 世紀 30 年
代，適逢民族危急存亡，社會動盪之際，王余杞力做時代的書記官，其長篇小
說真實地記錄了 20 世紀 20 年代末到 30 年代這一歷史時段的社會生活，成為
展現時代側影的文學鏡像。

　　1933 年，北平星雲堂書店出版王余杞的第一部長篇小說《浮沉》，初版發
行 1000 冊。小說命名為「浮沉」，意在表明大時代下個人命運的浮沉。大兵張
貴和黃金鏢搶劫錢店後，黃金鏢被捕入獄，張貴逃脫並因機緣成為胡代表的親
信。吳傑為了討好有勢力的張貴，不惜用自己的老婆換得恩惠，但張貴與吳傑
並無真誠的革命信仰，一切只為個人私利。小說通過他們命運的沉浮，揭露國
民政府新官僚的腐敗生活。1931 年「九一八事變」爆發，當時王余杞任職於
北寧鐵路局，「率先得到由鐵路電訊傳到關內被日寇封鎖的震驚中外的九一八
事變的噩耗，心中極為悲憤」〔註7〕，於是執筆創作《狂瀾》。1933 年《現代
社會》第 2 卷第 1 期、1935 年《北調》第 1 卷第 1 期和第 2 期刊載了小說《狂
瀾》。1936 年 6 月，王余杞將其改名為《急湍》，同年 7 月 20 日由上海聯合出
版社出版，署名隅棨。作者敏銳地抓住時代熱點，以寫實的筆觸展現了從「九
一八事變」「一・二八淞滬抗戰」到東北義勇軍起義等一系列歷史事件，也刻
畫了一位在國家危難之際，貪生怕死、貪圖享受、實行「不抵抗」政策的司令。
《急湍》是「國內最早反映『九一八事變』後東北敵後抗日活動的作品之一」，
作者在民族危機之秋，滿注愛國熱情於筆端，向日寇與走狗展開堅決抵抗，既
鼓舞了廣大民眾保家衛國的決心，也為之後的抗戰文學書寫奠定了基礎。1933

〔註 7〕王余杞《急湍》〔M〕//《王余杞文集：上卷》王平明，王若曼整理，石家莊：
　　　花山文藝出版社，2017：126。

年，日軍佔領山海關，天津危急，王余杞經上海回到四川。在家鄉自貢，商業資本日漸抬頭，工業資本日漸沒落，鹽工終日勞作卻不得溫飽的境況讓他感觸萬千。返回天津後，他便開始創作《自流井》。1936 年，《自流井》在南京《中心評論》的創刊號上發表，共連載 32 期。這部自傳性家族小說展現了王三畏堂新舊兩派尖銳的矛盾及爭鬥，也以同情的筆調描寫了貧農李老么作為鹽工飽受壓榨的艱苦生活，揭示了在時代轉型與歷史變革中王三畏堂大家族由盛而衰的必然趨勢。作家以幼宜為視角，一方面使得地方風俗在孩子好奇的眼中自然地展開，另一方面也較為客觀地記錄了家族衰敗的過程，而不斷成長、不斷接受新思想的幼宜對這一事件的冷靜分析，使作品少了歷史悲觀主義的色彩。《自流井》不僅是王余杞小說創作的代表作，更是不可多得的反映鹽井文化的優秀小說。作家藝術地將「產、運、銷」等理性概念溶解於不同人物之間的矛盾與時代變革中。特別是序言中對自貢鹽場產鹽區域、產鹽種類、鹽井種類、灶戶種類、推水方法、製鹽方法、運銷岸別、運輸方法、鹽商組織、工人種類、工人生活等進行了詳盡的描述，被稱為「一種新的寫法」〔註8〕。除此之外，小說還生動地描繪了鹽場的風貌，以及在這片滿布煙塵的土地上勞工們的可悲生活，對研究自貢當地鹽文化及地方史，也有參考意義，也因之曾陳列在美國華盛頓國會圖書館中〔註9〕。同年，「雙十二」事變和平解決後，王余杞又開始了《海河汨汨流》的創作。1937 年 2 月 5 日到 1937 年 7 月 24 日，天津《益世報》副刊《語林》連載《海河汨汨流》，共 126 期。為配合小說的發表，1937 年 1 月 29 日《益世報》還刊發了廣告：

> 海河汨汨流
>
> 王余杞創作本版下月起發表
>
> 　以天津的社會為背景的作品，似乎很少見，而且幾乎不見，文
> 人好像鄙薄於天津似的。最近王余杞先生為本版寫一篇長篇創作，
> 即以天津為題材，名曰《海河汨汨流》，即於下月起發表。特先發布，
> 希讀者（尤其是本市的讀者）注意！

　　同年 7 月，天津淪陷，報紙停刊，小說連載被迫中斷。1944 年，《海河汨汨流》由重慶建中出版社出版。小說以七七事變爆發前的天津為一個剖面，以

〔註 8〕開慶《編輯後記》〔J〕，中心評論，1936 年創刊號。

〔註 9〕張國鋼《井鹽史與井鹽文化的瑰寶——陳列在美國華盛頓國會圖書館的〈自流井〉》〔J〕，四川檔案，2006（1）：27～28。

虛榮、迷信、欺軟怕硬、甚至帶有些精神勝利法意味的吳二爺為線索，一方面揭示他如何被糊裏糊塗地製造成漢奸，另一方面又有條不紊地刻畫了壽春積極投身革命活動，而勢利之徒蕭主任、張辦事員大發國難財、組織漢奸服務團，工人劉萬福卻走投無路慘遭失業，吳老五則耽溺小我、貪圖享樂的眾生相。作者通過劉萬福與吳二爺的對話，曲筆寫出 1936 年至 1937 年在《申報》《中央日報》《大公報》《益世報》上都有所報導的「海河浮屍案」事件，委婉道出海河上的浮屍實則是被壓榨至死的勞工，為讀者留出了一扇觸摸時代的窗口。隨著王余杞生活體驗的不斷豐富，其對社會內容的處理也日臻成熟。歷史在其筆下不再是空洞的背景，而是清晰可感的時代前景，是真實確切的心理動因，是個人在時代進程和歷史鏈條中活生生的生命史。1946 年後，王余杞回到天津，但很少從事創作。1989 年 11 月 12 日，王余杞病逝，享年 85 歲。

二、王余杞小說創作的特色及意義

縱觀王余杞十餘年來的小說創作，動態地描繪各階層人物在廣闊歷史空間與社會動盪中的心理意識，以昂揚的筆調書寫民眾的心靈覺醒，是王余杞小說創作的鮮明特點。啟蒙是時代的吶喊。在五四那片「啟蒙與被啟蒙」的吶喊聲中，王余杞的創作自始就顯露出傾訴悲憫之情與弱者之意。《復仇之夜》講述了飽經憂患、以漁為業的六十多歲老頭兒蕭恩因交不上漁稅被貪官污吏壓迫的辛酸故事，不僅他被杖打了四十大板，妻子也因此喪命，萬般無奈下，他決定殺人，反映了底層民眾在官府的壓迫下無處可逃、無從反抗的悲慘命運。《窮途》幽默地諷刺了方同志「人盡皆知」的孝順，而方同志討好局長的奴顏媚骨、愛面子等性格特徵也有《海河汩汩流》中吳二爺的影子，作者筆下流露出對方同志的同情。因生活的重擔全落在他一人的肩上，生活的出路卻越來越逼仄，方同志也是時代壓迫下的可憐人。當時代的主題迅即由「啟蒙」轉向「救亡」時，表現受壓迫者們的覺醒與反抗就成為王余杞呼應時代的自然選擇。資本家李肥深入民間，深感農民生活的疾苦。他雖認為共產黨說得不錯，但依然堅信父親所持的實業救國，不料最終負債累累，幾近破產。國民黨員王麻子看似是胡代表的忠實信徒，實則是個投機分子，只是為了在胡代表上臺後得到好處，心願未遂，他轉身加入日衫團以謀出路（《急湍》）。張芝英因受生活所迫淪為暗娼，但顯示出難得的女性自主意識。當她去南京找吳傑並與其結為夫妻後，芝英明知吳傑故意刁難她，但為了穩定的生活也不願反抗。最後在與王孝

明的交談之中，王孝明的革命觀念使她一改往日精神的困惑，二人愛情亦油然而生（《浮沉》）。發表在 1932 年第 1 卷第 3 期《現代社會》上的《轉變之後》，可看作對《浮沉》結局的補充：九一八事變後，教員黃雲離開瀋陽，決定去上海賣文章以拯救國民思想，但他發現文學的無用與書寫者巧言令色的本質，於是棄文投身革命的洪流，與農民張富一起把以黃定遠為首的匪幫改造成真正的義勇軍；黃二順在來福井上被主人當畜生使喚，他的兒子在玩耍時被井上鍋爐砸中致死，其女兒也慘遭松六哥糟蹋。黃二順忍無可忍，砍死了松六哥。黃二順被捕的消息傳入鹽工李老么耳中，加劇了他的不滿與早已萌芽的反抗意識：「我們窮人非聯合起來不可，聯合起來跟他們有錢人幹一場！」隨後，作家通過描寫天氣熱得難耐以及不斷地貫穿在底層民眾的談話中對下雨的渴望，顯示出細節的寓意性，最終大雨到來，也伴隨著底層民眾反抗壓迫的心靈覺醒：「發揮大家的力量，力量不落空，像火閃，像炸彈，像暴雨，攪動了整個自流井！大雨一來，熱氣自然消退啦。」而《海河汩汩流》中那不因環境改變、象徵著民族活力時時流動的海河，在李長之看來，「當作了全書的節奏……因為有這節奏，給全書增加了活力，增加了韻致，讓全書不只是諷刺，而且在根底上像首詩。民族的潛力就彷彿是那『不廢江河萬古流』的海河似的！」〔註10〕此外，《狂瀾》中不斷高漲的、如狂瀾般的愛國精神和民族意識，表現血與淚的反抗時都內含一股昂揚的情緒。

　　集幽默與諷刺於一體的表現手法是王余杞長篇小說的另一鮮明特色。自發表的第一篇小說《老師》顯露出集幽默與諷刺於一體的特點後，在他之後的創作中一以貫之，在長篇小說中愈顯圓熟。《革命的方老爺》塑造了一個生活奢靡腐敗的革命投機分子形象。他時常打著呵欠斷斷續續地念著三民主義，空洞、口號式的「三民主義」與《浮沉》中「革命」「同志」的名號如出一轍，可見觀念並未真正深入他們心中。長篇小說《海河汩汩流》是將這一手法發揮到極致的作品。小說開篇刻畫吳二爺整理鬍子，「他理鬍子不用手，伸手從兜裏掏出一條手絹來——手絹雪白，折疊得又整齊：於是將它送到嘴唇邊擦拭。兩撇濃而黑的鬍子便越顯得有光澤，擺在這張有光澤的臉上」，給人矯揉造作、過猶不及之感。在天后宮，迷信的吳二爺抽到上上簽與之後慘死形成巨大反差，十分滑稽。淪為漢奸後，吳二爺經常在「貴相知」小屋和春紅老七行雲雨之事。吳二爺只是貪圖肉體享樂，無論是小屋名字「貴相知」，還是吳二爺自

〔註10〕長之《海河汩汩流》〔J〕，時與潮文藝，1944，3（3）：113。

認為春紅老七是他的「貴相知」,「貴相知」飽含諷刺意味。《自流井》中,對希望重振家業的迪三爺如是描述:「早上吃生雞蛋,冬天洗冷水臉,講究通空氣透日光,每天須大便一次,背得出一串歷史故事,弄得清楚世界至少也是中國的地理,精讀出師兩表,堅持教育救國……」描繪了一個刻板的形象,一種不必要的自律。《浮沉》中,「舉凡穿衣吃飯,做官發財,一切的一切,無往不加上革命的頭銜」。但這些只是敘事技巧層面,就其內裏,《海河汨汨流》對吳二爺的奴顏媚骨極盡諷刺之筆,並對其無毫無人格的墮落以至淪為漢奸的下場予以無情的鞭撻。難怪李長之讀後說:「這部小說有果戈理風。」〔註11〕《自流井》中的迪三爺雖有重振祖業的理想,並願為此鞠躬盡瘁,死而後已,但其現實能力不足,小說借幽默與諷刺的手法潛在地揭示了王三畏堂大家族終將被時代淘汰的必然性。而《浮沉》裏早已變味的革命頭銜,成為謀取個人私利的庇蔭,也真實地反映了國民黨新官僚的腐化生活。

當然,王余杞的小說也存在一些不足,如一些人物的個性化不夠,概念化明顯,一些情節的書寫流於浮泛,未能將人物內心深層的複雜糾結展現出來,人物形象的真實性也有待加強,如《浮沉》裏張子安本是無知識的大兵,但對芝英卻能文雅的描述;《自流井》中,幼宜重回自流井時面對後輩種種疑問,他的回答卻忽略了聽眾的知識結構。與其說幼宜是解後輩之惑,不妨說是將他自己的觀念傳達於讀者。雖然如此,王余杞的小說創作特別是在反映局部抗戰及鹽都文學的書寫上,其文學史意義應予以充分肯定。

〔註11〕長之《海河汨汨流》〔J〕,時與潮文藝,1944,3（3）。

每一處邊緣都是中心——
《王余杞文集續編》代序[註1]

李 怡

　　2017 年 4 月，我在中國現代文學館見證了王平明先生和王若曼女士捐贈《王余杞文集》的儀式。厚厚兩大卷的著作是中國現代文學的重要補遺，也是王平明先生、王若曼女士獻給他父親的一份珍貴禮物。今天，王平明先生又為我們奉獻了這本精心編輯的《王余杞文集續編》。作為研究者，我覺得應該向他表示深深的敬意和謝意！

　　1994 年，遵富仁老師之命，我加入嚴家炎先生主持的《區域文化與二十世紀中國文學》的研究團隊，負責完成《現代四川文學的巴蜀文化闡釋》。梳理和探討現代四川作家的文學創作，是一個既熟悉又陌生的工作。熟悉當然是因為我就是四川人，對鄉土作家有一種本能的注意；陌生則是因為逐漸發現，作為現代中國擁有作家最多的區域之一，其實有大量的四川作家沒能進入我們的中國現代文學史，王余杞就是其中主要的一位。從事這一研究的時候，我在重慶。北碚圖書館裏藏有《自流井》，我花了好幾天的時間在那幢著名的紅樓裏讀完了這部小說，但是全面研究王余杞則需要更多的史料，這是《現代四川文學的巴蜀文化闡釋》留下的一個遺憾。以後，我們總希望有機會能夠補上這一課。在西南大學，我鼓勵我的研究生陳裕容將王余杞研究作為畢業論文選題；在創辦《現代中國文化與文學》的時候，也特意刊發了川大研究生的「王余杞年譜」；積極推動第一次王余杞學術研討會；在我主編的「民國文化與文學」論叢中，收入了王發慶撰寫的《王余杞評傳》，這是國內第一部全面評述

〔註 1〕發表於《現代中國文化與文學》2021 年第 1 期。

王余杞生平和創作的著作；最近，又指導我在四川大學的研究生完成了王余杞天津創作的研究。我希望通過這一系列的努力，挖掘王余杞先生之於中國現代文學的貢獻，也對得起平明先生精心收集、編就的這些珍貴的史料。

去年，我和康斌主持的四川省社科規劃重點項目「四川現代邊緣作家研究」結項出版，其中就列有專章論述王余杞的文學成就。在我看來，四川文學中存在像王余杞、陳翔鶴、陳煒謨、何劍薰、劉大杰、還珠樓主這樣的「邊緣作家」，這些都是值得我們認真研究的重要文學現象。所謂「邊緣」，是針對進入主流文學史的經典作家而言。對經典的研究自然是理所當然的，但是不是暫時無法進人經典行列的作家就沒有關注的價值呢？其實，這裡本身就存在一個僵化的「中心／邊緣」的假定性布局，邊緣是這一已經布好了的格局的顯示而已。

中國現代文學的格局，在新時期以來的文學史建構中，已經有了一個大體穩定的態勢，就是以「走向世界」為主要脈絡，以體現這一走向的先進城市——上海和北京為中心，以「走向」本身的內容顯示度為標準確定了作家經典度的梯次，能夠進入上海和北京文壇的活躍的作家是衡量其經典程度的主要指標。在這個意義上，四川當然就是不折不扣的「內陸腹地」，或者說就是現代化方向上的邊緣之地，而立足於這一邊緣又無法進人主流文學史視野的四川作家，當然也就屬於「邊緣之邊緣」了。在四川作家內部，根據其不同的傾向也被劃分為兩極。充分體現著現代化指向、衝出巴蜀盆地揚名文壇的如郭沫若、巴金等，當然就被置放在了「中國現代文學」主流的位置，成為我們一代代人仔細研讀的經典。不用誰來動員、鼓勵，自然有成百上千的研究者一擁齊上，闡釋、分析、挖掘、打撈，文集、全集都不用家屬操心，自然會有絡繹不絕的研究者主動承擔，前赴後繼。相反，那些不那麼因時而動或者更願意固守鄉土的作家，就可能無法立即進入人們的視線，以致被低估、被冷落，例如李劼人。同樣是成都作家，同樣起步很早，但李劼人所獲得的讚譽長期落後於巴金。巴金「反封建」，最迅速、最充分地呼應了「五四」精神，成為一代青年共同的激情和感受，但李劼人呢，其實也有他自己感受歷史演變的方式。在李劼人這裡，歷史的變動可能不是遊行、示威和群眾激情，也不是表面的家庭矛盾、新舊衝突，而是人性流動和社會時間所釀造的一壇「醇酒」，你得慢慢品味，方能逐漸感受到其中的深厚和獨特來，而大規模的讀者願意去重新品味，卻還得等到又一輪「觀念更新」的時代了。

　　這一輪的「觀念更新」顯然已經是大勢所趨。那就是，改變我們已經僵化了的「中心／邊緣」的格局，在全方位的、多元化的可能中來解讀現代中國文學的姿態。

　　走向世界，融入現代化，這是我們必須承認的事實。不承認這個基本事實，還幻想中國應該以儒家禮教的「偉大」拯救世界，那是癡人說夢。但是，任何歷史的發展卻不是簡單的異域文化的移植，也不是一個方向的行走那麼容易，而是一個複雜的你和我的對話交流過程，最終的你會被我磨合、修整，而最終的我也會蛻變和轉化。所謂傳統和現代的關係一定是多種元素交錯組合的結果。「將『傳統』與『現代』兩個範疇截然對立，是中國近代史研究中一個極大的謬誤。事實上，不論『傳統』與『現代』都不是簡單、靜止或有同質性指涉的概念，傳統本身是一個不斷演進、變化的存在，裏面包含的思想、質素複雜萬端而且常常相互衝突。『現代』亦復如是。更進一步，被籠統劃歸傳統的思想或事物，很可能包含了現代的質素。而所謂的『現代』，中間也可能有並不符合現代精神的元素。」〔註2〕這是包括西方漢學界在內都信服的史學共識。如何反省和突破中／西、古／今這種二元對立式的歷史觀念，我以為這多元現代性對事實的真實度和飽滿度的揭示給人更大的啟發，是新一輪觀念更新的要點。

　　打破中／西、古／今的二元對立模式，我們會發現一個更加廣闊的現代文學的世界。在這裡，傳統的經典固然重要，但它們的意義也需要重新檢驗和理解，而另外一些被認為是「邊緣」的現象卻可能重新進入我們觀察的焦點，比如一個作家何以能夠通過「固守」發現歷史的真相，而像王余杞這樣的作家究竟有沒有被我們所忽略的認識價值？在這裡，我並沒有刻意拔高任何一個作家的意圖，也不是說凡是被遺忘的都應該進入文學「經典」，而是文學史就應該越寫越多，越來越厚。我也相信，在一個長時段的演變當中，經典最終會控制在一定的數量之內，但是，在最終的數量穩定到來之間，我們絕不會無動於衷，只能接受最早的秩序安排。

　　我們現在所需要的，也是平明先生所努力的，就是盡力搜集整理如王余杞這樣的被文學史遺忘的作家們的文獻史料，以最完整、最豐富的形態奉獻給學界，期待有慧眼能夠發現其中的珍貴，能夠為我們不同的人生感受提供最基本

〔註2〕李孝悌《昨日到城市：近世中國的逸樂與宗教》，臺灣聯經出版事業公司2008年版，第315頁。

的素材。現代四川，是出產優秀作家的區域，還有相當多的作家史料嚴重缺乏關注和基本的整理。王光祈、周太玄、李思純、孫少荊、何魯之、周曉和（光煦）、李璜、曾琦、李小舫、彭雲生、穆濟波、李少荊、葉伯和、蒲伯英、鄧均吾、劉盛亞、陳煒謨、陳翔鶴、李開先、沈啟予、李初梨、邵子南、任白戈、李一氓、馬宗融、段可情、趙景深、甘永柏、蕭蔓若、李華飛、章泯、楊子戒、李岫石、還珠樓主、賀麟、敬漁隱、何劍薰、陽翰生、沙鷗、覃子豪、陳敬容、曹葆華、杜谷、葛珍、許伽、白堤、秦德君、胡蘭畦……如果更仔細，這個名單還可以拉得更長。

我相信，每一個邊緣都成為我們整理、關注的中心之時，真正的多元文學視角才得以展開，到那時，經典才可能更加經典，文學史的敘述才可能更有啟發意義。

最後，讓我們再一次感謝王平明先生、王若曼女士及其家人的付出和努力，中國現代作家的家人，如果都能夠像他們一樣懷有對先輩、對歷史的強烈責任感，我們在文化建設上的收穫該有多大啊！

2021 年春節於四川大學

關於「徒然社」〔註1〕

趙國忠

　　1928 年 6 月，在北平新成立一家「徒然社」。時光荏苒，關於這個社團，多年來似乎少見有人道及。范泉主編的《中國現代文學社團流派辭典》（1993年 6 月上海書店版）也未列入辭條。就我寓目，僅有三則涉及它的資料，其中兩則刊在《新文學史料》，一是 1982 年第二期賽先艾的《記朱大枏》。在記述朱大枏等人創辦《荒島》文學半月刊後，他說：

　　《荒島》停刊以後，後來大枏又參加了一個北師大附中校友組織的徒然社，在《華北日報》附出了幾期《徒然週刊》，副刊編輯易人，週刊也隨之結束。

　　二是 1999 年第三期王余杞的《我的生平簡述》，講和朱大枏等人創辦《荒島》開辦平民夜校，1927 年因形勢大變，刊物、夜校都難以為繼了。然後他寫道：

　　我和大枏參加了「徒然社」，在《華北日報》上出了一個《徒然》文學週刊。

　　再有從聞國新致楊義信上（見楊義《叩問作家心靈》，中國社會科學出版社 2000 年 1 月版），其中有云：

　　1925 年，與王余杞（他讀北京交通大學）、梁以俅、方紀生、張壽林、李宜琛（自珍）等合組徒然社，在華北日報副刊編輯楊晦的支持下，出版徒然週刊。

　　三則資料都隻言片語，過於簡略，且幾十年前舊事作者又是憑記憶寫出，不免存有說錯的地方。

〔註 1〕發表於《博覽群書》2011 年第 9 期，第 80～82 頁。

近日翻閱《華北日報》，從副刊《徒然》獲知該社一些信息，遂不避筆拙，並結合其他一些史料，敷衍成文，若能大致勾勒出這小小社團的基本面貌，便很知足了。

1928 年 6 月，朱大枬、李自珍、王余杞、翟永坤、聞國新、張壽林、梁以俅等七位愛好文學的青年，痛感北平現實的荒涼、黑暗，為解脫心中苦悶，以他們幾乎都是北師大附中畢業的校友關係，成立了一個文學社團——「徒然社」。何以命名為「徒然社」？那是一次逛中央公園（今中山公園）時由李自珍提出的，之後他有過詳細解釋：

我們都不是研究文學的人。但在從事專門工作之餘，卻都有研討文學的興趣；因為創作的衝動的緣故，也都有拈拈筆，寫寫自己也知道淺薄簡陋的文章。為了這樣共同的愛好，才使我們結合在一起，有了這個小團體的組織。不消說，我們都知道我們的努力，只是一種「徒然」的勞力的枉費，但明知是「徒然」，而仍舊掙扎，仍舊努力的，卻是我們的共同的精神。（《徒然》週刊第 20 期《終刊》）

成立社團當然不是目的，他們需要的是有陣地來發表作品。這幾位年輕人心高志遠，最初憑藉著一時銳氣有出版月刊、自辦書店之設想，但在生活的重壓下，一個個都落了空。後來，在《華北日報副刊》編輯楊晦幫助下，借助其主管的版面，創辦了《徒然》週刊。

《徒然》週刊 1929 年 1 月 8 日創刊，每逢週二出刊，連續刊行到同年 5 月 28 日，共出版 20 期。刊物未標主編，但從《編輯後記》作者的署名看，應該由李自珍、王余杞負責編刊。

《徒然》週刊沒有發刊詞，李自珍為第一期寫的《編輯後記》顯示，他們摒棄文學的功利性，強調文學的特質在於展示自我、表現自我：

文以載道，雖然已經成了過去的謬說，但是成為現代文壇的權威的，還是一種以藝術為達到別種目的的手段的功利藝術觀。然而在我們這些文藝的「素人」來看，總以為只有自己完成，自己表現，才是文藝的根本特質，此外並沒有什麼外在的目的。

《徒然》所刊作品，以創作為主，大都描寫小知識分子生活，表現了他們的苦悶以及對理想的追求。小說刊有王余杞的《某小姐》、《酒徒》，翟永坤的《給芸》、《悶》，梁以俅的《灰色的雲》，李自珍的《液體的心》等。散文有張壽林以「忍父」為名的《雁足小簡》、聞國新以「克西」為名的《環谷小品》

及李自珍的《殘春》等。詩歌則刊登了朱大枬的《我教你一個對付人和鬼的法子》、《牆》、翟永坤的《給自己》等。週刊還兼及文論和翻譯，且不拒絕外稿，文論有張壽林的《浮翠室詩說》、《論南戲的起源》。翻譯有紀生（方紀生）、念生（羅念生）等人的譯詩。此外，還編過一期特刊，為 5 月 18 日的第 18 期。內容是李自珍、王余杞、張壽林在 5 月 1 日同遊圓明園後，各自寫下的觀感。

　　在《徒然》週刊的編刊中，有件事可以一提，即 5 月 28 日的停刊號，這期稿件是由「徒然社」七位成員每人貢獻一篇編成的，猶如一齣戲將要落幕，全體演員走到前臺來向觀眾鞠躬謝幕。

　　至於《徒然》因何停刊，5 月 21 日第 19 期的《徒然社啟事》，可當作是停刊聲明來看，史料珍貴，現抄錄如下：

　　社友朱大枬自京返平，主編時代副刊，而北平副刊又係同仁擔任編撰；最近復擬出版篇幅較多之期刊，以期登載較有系統之作品，本刊勢難兼顧，用特決議出至二十期即行終止。此告。

　　引文中的「京」指南京，朱大枬曾於 1928 年 10 月去那裡辦報。此時預告他主編「時代副刊」，即便他有這個心，恐怕也難堪此任了。不久他即診斷出患了肺病，到北平的西山靜養去了。這個病，在今天的醫療條件下算不得什麼，但當年無異於絕症，許多文人都毀在這個病上。魯迅如此，蔣光慈、方瑋德、蕭紅、繆崇群蓋都如此，朱大枬最終也沒能逃脫，1930 年 11 月 6 日在貧困和孤寂中病逝，這位有才華的青年詩人只活了短短的 24 歲。

　　引文中又有言，「徒然社」同仁還擔任北平副刊的編撰，「北平副刊」當是《北平時報》副刊的省寫。只是這份副刊我未讀過，不能置一辭，為使讀者對它有所瞭解，我把王余杞短篇小說集《朋友與敵人》（1933 年現代社會叢書社出版）「序」中的一段話抄示於下，因這段話語及「北平副刊」：

　　《北平時報》的副刊，頂多也不過編了一年。報館方面對我們的待遇太薄，同時大家的興趣也無形減低，誰也不願意維持長久，便悄悄地讓給了別人。在副刊上我登載過一篇三萬字的中篇，名字叫做《神奇的助力》。

　　《徒然》停刊後，「徒然社」又有向外地謀求發展之構想。1929 年秋，王余杞受社員委託來到上海，因編《荒島》時他的小說被在上海的郁達夫看到，郁還在自己主編的《大眾文藝》上發表文章給予贊許，二人由此有了交往。這次來滬便由郁達夫為之介紹，與現代書局建立起聯繫，簽訂提供文稿的合同。只是後來因「徒然社」成員居住地分散，工作又忙，如翟永坤到河南教書，留

平的李自珍、聞國新在中學任教,張壽林在燕京大學搞研究,朱大枏患重疾正在休養等原因,在規定的時間內未能湊齊文稿致使爽約。

除了《徒然》週刊,「徒然社」還出版《徒然社叢書》,由設在廠甸的、以出版教科書為主的北平文化學社出版。但這套叢書具體出過多少種,迄今未見確切的書目,我所知有以下三種,均是文學性的:

一、《災梨集》,1928 年 11 月出版,32 開,朱大枏、王余杞、翟永坤著,詩文合集。內收朱大枏的《斑斕》、翟永坤的《夜遊》等新詩,王余杞《百花深處》等小說。

二、《論詩六稿》,1929 年 9 月出版,32 開,張壽林著。一部研究《詩經》的專著。

三、《神奇的助力》,1930 年 4 月出版,32 開,王余杞著。中篇小說。

此外,聞國新有部名為《生之細流》的短篇小說集,權威的《中國現代文學總書目》(福建教育出版社 1993 年 12 月版)著錄為 1943 年出版。但這部書早在 1928 年 7 月北平文化學社出版的《北京文學》第二期上即做過出版廣告,張泉所著《淪陷時期北京文學八年》(中國和平出版社 1994 年 10 月版)講到聞國新的生平,也提到它於 1928 年出版。著者聞國新在致楊義的信上也持此說,因此我懷疑《中國現代文學總書目》上著錄的不是初版本。初版本很可能在 1928 年出版,而且可能也列入《徒然社叢書》,只是我未見過實物,不敢貿然肯定,這裡姑且存疑。

《浮沉》說明〔註1〕

王平明　王若曼

　　此文是作者年為 27 歲時所著，是作者的第一部長篇小說。學者許君遠當時在北平《晨報》曾發表書評寫道：「總體而言，這本書有它的好處，同時也有它的缺點。文字流利是作者之長，而經驗欠充實，也不必代余杞諱言的事。本書的取材很好，我相信若使余杞再過五年寫，一定更可驚人，一定能成為一本可珍貴的名著。然而這不要緊，葛斯密司（Goldsmith）對批評他的《威克非牧師傳》者，曾有這一段話：『這本書有一百個錯誤，但也是有一百個優點來補充。這些說來無益，一本書總有許多錯誤，也許很快人；同時沒有錯誤的著作，也會令人覺得沉悶無聊。』對於《浮沉》我也是這個意見，而希望他在未來能有驚人的描寫。」〔註2〕作者於 1987 年的一篇《在天津的七年》〔註3〕中寫道：「我從寫學生生活，轉到寫社會生活，這是一個發展。只是對社會太不熟悉，許多事都不瞭解。沒有生活，如何寫作。所以寫得很慢。只是對國民黨新官僚的貪污腐化多少揭露了一些，才覺得寫得順手。但全書是顯得稚嫩，所以郁達夫看了以後也注意到這點。」

〔註 1〕王余杞著，王平明、王若曼整理《王余杞文集》（上），花山文藝出版社 2016
　　　　年版，第 7 頁。
〔註 2〕1933 年 4 月 25 日《晨報》。
〔註 3〕王余杞《在天津的七年》，1978 年《天津文學史料》。

《急湍》說明〔註1〕

王平明　王若曼

　　本文於 1936 年 7 月 20 日由上海聯合出版社出版，署名為隅棨。日本帝國主義長期企圖把中國變為其的殖民地。1931 年 9 月 18 日夜，日本關東軍陰謀策劃，發動震驚中外偷襲擊中國軍隊北大營的事件，挑起侵華戰爭。作者由於當時在北寧鐵路任職，率先得到由鐵路電訊傳到關內被日寇封鎖的震驚中外的九一八事變的噩耗，心中極為悲憤，便創作此長篇小說，對日寇侵華罪惡陰謀加以揭露。因為左翼抗日色彩明顯，不便具以真名，因此當時採用筆名「隅棨」發表。作者曾回憶自己曾經歷過的民族存亡、國土淪喪、浴血奮戰的抗戰時期：「抗日和降日，革命和反動，進步和保守，鬥爭和妥協，奮發圖強和荒淫無恥，反抗鬥爭尖銳對立。」〔註2〕王余杞率先在當時國內對日侵略的「不抵抗」政策下的平津抗日第一線用自己的文字向日寇及其走狗展開堅決抵抗。

〔註1〕王余杞著，王平明、王若曼整理《王余杞文集》（上），花山文藝出版社 2016年版，第 126 頁。
〔註2〕王余杞著、陳裕容整理《致陳青生書信選》，見《現代中國文化與文學》2006年第 1 期，第 116～124 頁。

《自流井》說明[註1]

王平明　　王若曼

　　自貢是位於中國腹地四川省的一個得天獨厚的寶地。自流井是組成自貢的老城之一。然而自貢所以在國內外出名，並非僅因為有巨型恐龍化石的發現和聞名於世的自貢燈會，也不僅僅是其生產的鹽鹵及天然氣，而更是由於其鹽業發展在中國近代工商業發展史中的獨特地位和當時震驚世界首屈一指的深井開採技術。因此，自貢引起了國內外眾多學者的關注。自流井早自漢代起就有井鹽。自19世紀到20世紀初達到頂盛。當時數百架天車林立，鹽場生產繁忙，城市煙霧繚繞，形成中國內陸當時少有的發達的工商業地區。美國紐約哥倫比亞大學研究中國經濟歷史的學者澤琳（Madeline Zelin）在其專著《自貢商人》中指出：長期以來歷史學界持有的偏見就是，基於當時中國所處的社會結構，國家壟斷性的（對鹽業）的榨取、缺乏現代的銀行的金融體系，以及中國社會傳統上對於從事商貿職業人員的歧視，因此認為在中國發展振興工商企業是不可能的。但是自貢鹽商的經營恰恰是是在沒有西方和日本影響之下中國近代為數不多的本土工商業發展的典型[註2]。德國學者漢斯·烏爾里奇·沃格爾（Hans Ulrich Vogel）教授也曾撰文稱讚150前在自貢取得深達一千米井鹽鑽探的深度堪稱為世界之最，其領先當時歐洲技術四百年，這種鑽探技術可被讚譽為中國的又一個世界級的偉大發明[註3]。澤琳也在她的書中詳細地

〔註1〕王余杞著，王平明、王若曼整理《王余杞文集》（上），花山文藝出版社2016
　　　　年版，第288～289頁。

〔註2〕The Merchants of Zigong : Industrial Entrepreneurship in Early Modern China. By
　　　　Madeline Zelin. NewYork : Columbia University Press, 2005.ISBN: 0-231-13596-
　　　　3.

〔註3〕The Great Well of China, By Hans Ulrich Vogel. Scientific American, June 1993.

介紹了鹽商家族。其中突出的是作者的先祖「王三畏堂」的創建者所建立的鹽業「帝國」。然而，由於封建王朝垮臺，軍閥混戰，貪官掠奪，封建舊家庭的腐朽沒落，內部爭鬥，經營惡化，稅負極度增加，加上新技術帶來的衝擊，使得曾經鼎盛的自貢鹽號的昔日輝煌不復存在。王余杞在《在天津的七年》一文中回憶到：「拿我家興衰描寫自流井：包括辦灶經營，勾心鬥角，兩極分化，……」〔註4〕鹽商封建家庭的衰敗正是反映出了自貢鹽業經營的沒落的歷史。此書出現的人物雖然眾多，但各個形象鮮活生動。書中對社會底層當時的農民工——鹽工生活的艱辛和苦難，對上層統治者和土豪生活的驕奢淫逸，以及對封建家庭內部矛盾和鬥爭，都有生動形象的描述和深刻揭露。其反映了當時自貢處在世界和國家的深刻的歷史變革中，舊的落後的地方政治、經濟和社會結構，以及封建家族、個人命運都受到了不可避免的衝擊和影響。對於這種曾經顯赫一時的鹽商大家族大家業走向破敗和衰亡的歷史變遷，作者以書中一個年幼的主人公「幼宜」的角度觀察和描寫出來。書中還難得地對自貢當時社會特有的社會風貌、精細的鹽井開鑿和製鹽生產技術、當地特色的方言、傳統文化、學校教育、特色的餐飲食品風味，以及民間節慶、祭祖等傳統風俗、封建大家庭的組成和運作、各階層形形色色的百姓人物，孩提時代的流行於民間的玩耍、遊戲等諸多方面都有全面的生動的記述。因此此書已成為對鹽文化和四川自貢地方史進行研究不可多得的材料和依據。

作者在此書的寫作過程中也曾歷盡艱險。當時日寇侵華，七七事變爆發，天津正是處於抗日前線。作者曾回憶道：「這書寫了半年……日機轟炸中，我們全家逃難。過了兩天，我的妻子冒險回到家清理，揀得這份存稿。」〔註5〕才使得此書稿得以幸存，最後得以出版面世。

1934 年 1 月 21 日至 12 月 1 日《自流井》首先曾以連載形式發表於南京《中心評論》第 2 卷 1 至 32 期。1944 年作者在成都重新整理以《自流井》為書名，以「曼因」為筆名由東方書社出版。2009 年 1 月在作者的家鄉自貢市政府的支持下，這本書以作者生前的最後修改稿的基礎再次修訂出版。此書的原版和新版本已被國內外，包括中國國家圖書館，美國國會圖書館等世界著名圖書館收藏。

〔註 4〕王余杞《在天津的七年》，《天津文學史料》1978 年 10 月。
〔註 5〕王余杞《在天津的七年》，《天津文學史料》1978 年 10 月。

《海河汩汩流》說明[註1]

王平明 王若曼

　　《海河汩汩流》是誕生於血與火的年代。王余杞1936年寫於七七抗戰全面爆發前的天津。原在天津《益世報》副刊《語林》上連載,後在1944年2月由重慶建中出版社出版。

　　七七事變是日本帝國主義在侵佔中國東北後,蓄意侵佔華北、華東,進而侵佔全中國的野心的重要一步。作者在1931年九一八事變時就深刻警覺日本開啟侵華的步驟。由於身處平津第一線,更能深切感受到抗日救國的急迫性。在國難當頭的時刻,在平津日本敵閣和浪人及其漢奸走狗都在蠢蠢欲動。海河上許多莫名被殺害的年青漢子的浮屍,人們在半封建半殖民地的社會中生活的壓抑和對國家前途希望的渺茫,引起作者的激憤。但因為執筆時對當時明顯的抗日救國號召的顧忌和報紙編輯的刪節,致使行文比較隱晦。文中對當時在形形色色的各類人物的深入觀察、對天津地區特有的風土人情、對濃厚地方色彩的語言都有獨到的生動的刻畫和描寫。並且結合當時的時事政治纂寫入文。這不但增加讀者的閱讀興趣,而且也巧妙地做了掩護全書抗日救國主題的外衣。中國著名的文學評論家李長之認為「作者好像把天津市裏中國地界的靈魂捉住了」,「這部小說有果戈理風」[註2]。但是,《海河汩汩流》不僅是在日寇監視下冒極大風險寫作發表的,而且在日機轟炸的逃難中險些遺失。在作者痛惜因躲避轟炸遺落在家中的書稿時,作者的妻子彭光林竟暗地裏背著作者悄悄冒險回去給搶出一隻文稿箱來,也包括這篇文章的剪貼本。事變後作者終逃

〔註1〕王余杞著,王平明、王若曼整理《王余杞文集》(上),花山文藝出版社2016
　　　　年版,第454～455頁。
〔註2〕1944年4月28日李長之主編《書評副刊》第三號113～114頁。

離日寇魔掌，南下走上參加抗日救亡的道路。並為抗日救國也付出了家破子亡的慘痛代價。

七七事變中，國民革命軍二十九軍和天津的保安隊在平津奮起還擊日寇侵略，打響抗日的第一槍。但是是誰在中國文藝抗日戰線上率先打響抗日救國第一槍的，這是值得歷史調查研究的。然而《海河汩汩流》一文是繼王余杞自九一八事件以來一系列抗日文藝作品的一部長篇著作。是寫於全面爆發抗戰的盧溝橋事變的前一年，是寫於抗戰的平津前線的一篇重要著作。其在中國抗戰文藝中的歷史地位是不容抹煞的。

《八年烽火曲》說明〔註1〕

王平明　王若曼

　　此長詩原名《全民抗戰》，發表於由葉聖陶、牧野為編輯的文協成都分會會刊《筆陣》新一期至新八期（1939 年至 1944 年間）。王余杞是該刊主要撰稿人之一（見《二十世紀中國文學編年》第 888 頁）。全詩共分 43 個章節，但僅發表幾章後即被禁。「文革」結束後作者不顧年事已高，再次修改並定名為《八年烽火曲》，現手稿存於中國現代文學館。但目前只收集到當年正式發表的第一、第二、第四章節。長詩揭發了日本侵略軍在侵華中犯下的慘無人道的滔天罪行，並以「南京大屠殺」的血腥場面告誡國人，國難當頭，團結一致、共同抗敵才是救國的唯一出路。

〔註 1〕王余杞著，王平明、王若曼整理《王余杞文集》（下），花山文藝出版社 2016
　　　年版，第 455 頁。

《黃花草》說明〔註1〕

王平明　王若曼

　　《黃花草》是作者從 1959 年 1 月 13 日至 1985 年 3 月 9 日長達 27 年間對國事、家事、個人心事的記錄。是作者一生中漫長而重要的時期,他以七絕的形式寫出一千六百餘首詩(王華曼《〈黃花草〉簡介》,《新文學史料》,1999 年第 3 期),經作者生前初步整理精選出 526 首,並定名《黃花草》,(其中有 60 篇因內容涉及到親友的家事等,未經他們同意暫未收入)。這些詩詞說明在那個特殊的年代,作者以「詩代日記」,以「詩記事」,充分表達對祖國、對人民、對家鄉、對家人的熱愛,同時也表達作者被錯劃為右派後不能再從事寫作發表文章苦悶心情。他曾說:「寫文章是我的第二個生命。」而這長達 27 年之久的寶貴寫作生命則白白浪費掉了!這些詩詞貼近生活,文字樸實無華,是作者生前在該歷史時期的真實心情寫照。

〔註 1〕王余杞著,王平明、王若曼整理《王余杞文集》(下),花山文藝出版社 2016 年版,第 472 頁。

第四輯　王余杞著譯、編刊及研究資料目錄

王余杞著譯年表

李琪玲　劉海珍

1925 年

　　12 月 20 日，譯《醫生》（契訶夫原著，譯自 constance garnett 英譯的 Love And other Stories），載於《中央日報・文藝思想特刊》第 14 號（1928 年 4 月 12 日，第 12 版）。

1927 年

　　5 月 29 日，《老師》載於《國聞週報》第 4 卷第 20 期，署名「王余」。

　　6 月 10、11、13、14 日，《博士夫人》（一到四）於《晨報副刊》第 1941、1968、1970、1971 號連載。

　　11 月 15 日，完成《年前》，載於《學生雜誌》第 14 卷第 12 號（1927 年 12 月 10 日）。

　　11 月 22 日，完成《百花深處》，載於《國聞週報》第 5 卷第 4 期（1928 年 2 月 5 日）。

　　11 月 24 日，完成《不幸的消息》，載於《國聞週報》第 5 卷第 30 期（1928 年 8 月 5 日）。

　　12 月 6 日，完成《愛的神秘》，載於《國聞週報》第 5 卷第 33 期（1928 年 8 月 26 日）。

1928 年

　　1 月 16 日，《活埋》載於《北新》第 2 卷第 6 號。

　　2 月 12 日，《么舅》載於《國聞週報》第 5 卷第 5 期。

3 月 15 日，《南京交通概況》載於《交通教育月刊》第 1 卷第 5 期。

3 月 22 日，完成《翻印與萬能》，載於《荒島》第 1 期（1928 年 4 月 15 日），署名「李曼因」。

3 月 29 日，完成《fiancée》〔註 1〕，載於《荒島》第 1 期（1928 年 4 月 15 日）。

3 月 29 日，完成《Beef，Wife》，載於《荒島》第 2 期（1928 年 5 月 1 日）。

4 月 9 日，完成《翻譯——丟臉》，載於《荒島》第 2 期（1928 年 5 月 1 日），署名「李曼因」。

4 月 15 日，《南京交通概況（續第 5 期）》載於《交通教育月刊》第 1 卷第 6 期。

4 月 29 日，完成《First Endeavor》，載於《荒島》第 3 期（1928 年 5 月 15 日）。

5 月 3 日，完成《這兩個該死的女人》，載於《荒島》第 4 期（1928 年 6 月 1 日）。

5 月 15 日，完成《一支暗箭》，載於《荒島》第 4 期（1928 年 6 月 1 日）。

5 月 15 日，《編輯先生》載於《荒島》第 3 期，署名「李曼因」。

5 月 17 日，完成《After the Wedding》，載於《荒島》第 5 期（1928 年 6 月 15 日）。

7 月 6 日，完成《A Comedy》，載於《荒島》第 6 期（1928 年 7 月 1 日〔註 2〕）。

8 月 12 日，完成《Mama》，載於《國聞週報》第 5 卷第 35 期（1928 年 9 月 9 日）。

9 月 2 日，完成《W.F.P》，載於《國聞週報》第 5 卷第 43 期（1928 年 11 月 4 日）。

10 月 3 日，完成《勞燕（The Departure）》，載於《國聞週報》第 5 卷第 45 期（1928 年 11 月 18 日）。

10 月 5 日，完成《To》，載於《國聞週報》第 5 卷第 46 期（1928 年 11 月 25 日）。

〔註 1〕初刊本有副標題，為「獻給叫我寫這篇文字的人」，結集時被刪掉。
〔註 2〕疑似該期延遲出版。

　　11 月，由朱大枬、王余杞、翟永坤合著的《災梨集》（徒然社叢書之一），由文化學社發行，全一冊，定價大洋八角。其中，王余杞作品總題為《百花深處》，由《么舅》《博士夫人》《活埋》《復仇之夜》《兩個該死的女人》《百花深處》六篇組成。

　　12 月 14 日，完成《孤獨者的群》，分 6 次連載於《庸報‧庸報副鐫》（1929 年 1 月 8 日到 1 月 13 日，第 9 版）。

1929 年

　　1 月 1 日，翻譯了柴霍甫的《歌女》，載於《華北日報‧徒然週刊》第 19 期（1929 年 5 月 21 日，第 11 版）。

　　1 月 5 日，《落花》載於《河北民國日報》第 F2 版。

　　1 月 12 日，《給在牢獄中的姐姐》載於《河北民國日報》第 F2 版，署名「李曼因」。文末記有「深冬，午夜」。

　　1 月 15 日、22 日，《酒徒》連載於《華北日報‧徒然週刊》第 2 期第 10 版、第 3 期第 11 版。

　　1 月 25 日，完成《媽媽的獨身主義》，載於《河北民國日報‧笳》第 6 期（1929 年 2 月 9 日），署名「李曼因」。

　　2 月 2 日，完成《朋友與敵人》，載於《華北日報‧徒然週刊》第 7 期（1929 年 2 月 26 日第 10、11 版）。

　　2 月 3 日，完成《懷 S》，載於《河北民國日報》1929 年 3 月 2 日第 F1 版。

　　2 月 9 日，完成《革命的方老爺》，載於《華北日報‧徒然週刊》第 6 期（1929 年 2 月 19 日第 10 版）。文末記有「二月九日，二九。舊曆除夕。」

　　2 月 9 日，完成《某小姐》，載於《華北日報‧徒然週刊》第 1 期（1929 年 1 月 8 日，第 11 版）。文末記有「一九二八，除夕。」

　　2 月 13 日，完成《懷 S》，載於《河北民國日報‧笳》第 9 期（1929 年 3 月 2 日）。

　　2 月 26 日，完成了《雪紋》，分 2 次載於《華北日報‧徒然週刊》第 12 期（1929 年 4 月 2 日第 10、11 版），第 13 期（1929 年 4 月 9 日第 10 版）。

　　3 月 2 日，《懷 S》載於《河北民國日報》1929 年 3 月 2 日第 F1 版。

　　3 月 2 日，翻譯了 Henry Cuyler Bunner 的《精明人》，載於《華北日報‧徒然週刊》第 8 期（1929 年 3 月 5 日，第 10、11 版）。

3 月 15 日，完成《女作家》，載於《河北民國日報・笳》第 12 期（1929年 3 月 23 日）。署名「李曼因」。

4 月 17 日，翻譯了柴霍甫的《在聖誕節的時候》，載於《華北日報・徒然週刊》第 15 期（1929 年 4 月 23 日，第 10、11 版）。

5 月 1 日，完成《到西郊》，載於《華北日報・徒然週刊》第 18 期（1929年 5 月 14 日，第 11 版）。文末記有「勞動節，一九二九」。

5 月 4 日，完成《雨後蓑衣——論師大排外及法女之爭》，載於《河北民國日報・笳》第 18 期（1929 年 5 月 11 日），署名「李曼因」。文末記有「一九二九，『五四』，大學生出風頭之日。」

5 月 7 日，《故鄉的殘影——獻於先母之靈》載於《華北日報・徒然週刊》第 17 期（第 10、11 版）。文末記有「春深，月圓時，一九二九。」

5 月 28 日，《雨》載於《華北日報・徒然週刊》第 20 期（第 11 版）。文末記有「二九，黃梅時節」。

7 月 15 日，小說集《惜分飛》由春潮書局（上海北四川路東寶興路），每冊實價五角。書前有郁達夫和朱大枏序，書後有《後記》。該作品集由十篇小說組成，分別是《To》《First Endeavor》《fiancée》《After the Wedding》《Beef. Wife》《No.1》《A Comedy》《Mamma》《W.F.P.》《The Departure》。

9 月 5 日～9 月 30 日（9 月 18 日除外），《歧路上的徘徊》連載於《今天新報》（第 5 版），署名「余杞」。

10 月 4 日，筆錄整理鮑明鈐博士講演之《中國現在實行之「新關稅稅則」》，載於《華北日報・經濟》（1929 年 10 月 10 日、12 日、13 日，第 8 版）。文末記有「余杞識於北平交大宿舍 N.D.18，十月四日，二九」。後載於《交通經濟彙刊》第 2 卷第 4 期（1929 年 11 月 10 日）、《中央日報》1929 年 11 月24 日第 11 版。

12 月 16 日，筆錄鮑明鈐博士講演之《中東鐵路問題》，載於《交通經濟彙刊》第 3 卷第 1 期（1930 年 4 月 10 日）。

12 月 20 日，譯作《愛》（契訶夫原著）載於《奔流》第 2 卷第 5 號。

1930 年

1 月 1、6、13、20 日，譯作《托爾斯泰的情書》連載於《國聞週報》第 7卷第 1～4 期。

　　1 月 13 日，完成《葫蘆島開港與中國航業》，載於《鐵路月刊：北寧線》第 1 期（1931 年 1 月）。

　　3 月 12 日，完成《窮途》，載於《國聞週報》第 7 卷第 36 期（1930 年 9 月 15 日）。

　　4 月 10 日，《滬寧道上》（一九二九年暑期實習報告）載於《交通經濟彙刊》第 3 卷第 1 期。

　　4 月，中篇小說《神奇的助力》由徒然社出版部（北平西四羅圈胡同三號）出版，實價洋三角，徒然社叢書之一。

　　6 月 3 日，《海上迴廊》（攝影作品）載於《北洋畫報》第 10 卷第 480 期。

　　6 月 12 日，《玉泉遠照》（攝影作品）載於《北洋畫報》第 10 卷第 484 期。

　　7 月 29 日，完成《東京行——都市的脈搏》，載於《新晨報‧新晨報副刊》第 706 號、第 707 號（1930 年 8 月 29 日、30 日第 F1 版）。文末記有「七月二十九，自東京」。

　　8 月 29 日，完成《關於北寧路水災》，載於《大公報》（天津）（1930 年 8 月 31 日第 4 版）。

　　10 月 13 日，《幻》載於《國聞週報》第 7 卷第 40 期。

　　11 月 10 日，《故鄉的殘影》載於《國聞週報》第 7 卷第 44 期。

　　11 月 20 日，《不亦怪哉之一》載於《北洋畫報》第 12 卷第 553 期，署名「曼因」。

　　12 月 20 日，《無題（一）（二）》載於《北洋畫報》第 12 卷第 566 期。

1931 年

　　1 月 7～9 日，《楊柳青》（一到三）連載於《北平晨報‧北晨學園》第 13～15 號（第 9 版）。

　　2 月 1 日，《北平交大同學會成立會成立大會記錄》，載於《北平交大天津同學會會刊》創刊號（1931 年 6 月 15 日）。

　　2 月 17 日，完成《環谷小品序》，載於《北平晨報‧北晨學園》第 77 號（1931 年 4 月 16 日，第 9 版）。文末記有：「一九三一年，廢曆元旦」。

　　1 月 22 日，完成《黃糕》，載於《北平晨報‧北晨學園》第 41 號（1931 年 2 月 20 日，第 9 版）。

　　3 月 3 日～4 日，《窮途》載於《新秦日報‧新園》（1931 年 3 月 3 日、4 日，第 4 版）。

3 月 10 日，完成《閒處光陰》，載於《華北日報・華北日報副刊》第 479 號（1931 年 5 月 20 日，第 10 版）。

5 月 1 日，完成《女賊的自白》，分 5 次連載於《北平晨報・北晨學園》第 87～91 號（1931 年 5 月 1、2、5、6、7 日，第 9 版）。

5 月 4 日，《一個落伍者》載於《國聞週報》第 8 卷第 17 期。

5 月 23、24、27 日，《「傷逝」》（一到三）載於《北平晨報・北晨學園》第 102～104 號（第 9 版）。

5 月 28 日，完成《平凡的死》（一到三），連載於《北平晨報・北晨學園》第 124～126 號（1931 年 7 月 1、3、4 日，第 9 版）。

6 月 10、11 日，《何老太太》連載於《華北日報・華北日報副刊》第 499、500 號（第 10 版）。

6 月 15 日，《發刊詞》載於《北平交大天津同學會會刊》創刊號。文末記有「余杞僭擬」。

6 月 15 日，《帝國主義者與開灤煤礦》載於《北平交大天津同學會會刊》創刊號。

6 月 30 日，《讀全國商運會議提案後感言》載於《鐵路月刊：津浦線》第 1 卷第 9 期。

7 月 18 日，完成《失業》（一到四），連載於《北平晨報・北晨學園》第 151～154 號（1931 年 8 月 18、20、21、24 日，第 9 版）。

8 月，《鐵路運價政策》載於《鐵路月刊：北寧線》第 1 卷第 8 期。

11 月 6、9、12 日，《歡呼聲中的低泣》（一到三）連載於《北平晨報・北晨學園》第 195、197、198、200 號（第 9 版）。

11 月 27 日，《關於〈歡呼聲中的低泣〉》載於《北平晨報・北晨學園》第 206 號（第 9 版）。

12 月，《北寧路與南滿中東》載於《鐵路月刊：廣韶線》第 1 卷第 12 期。

1932 年

2 月 7 日，《在天津》載於《庸報・庸報星期增刊》第 13 期（第 9 版）。

3 月，《北寧路與南滿中東（續完）》載於《鐵路月刊：廣韶線》第 2 卷第 2、3 期合刊。

4 月 8 日，在天津完成了《季珊君的心事》（一到六），連載於《北平晨報・

時代批評》第 9～14 期（1931 年 4 月 20、27 日，5 月 4、11、18、25 日，第
10 版）。

　　4 月 21 日，完成了《一個日本朋友》，分 3 次連載於《庸報・庸報星期增
刊》第 28～30 期（1932 年 5 月 22 日、5 月 29 日、6 月 5 日第 9 版）。

　　7 月 2 日，《觀青年會新劇試演後》載於《北洋畫報》第 16 卷第 799 期，
署名「李曼因」。

　　9 月，《轉變之後》載於《現代社會》第 1 卷第 3 期。

　　10 月 10 日，《北寧鐵路之黃金時代》由北平星雲堂書店，實價五角五分，
由《自序》《北寧路與中東南滿》《葫蘆島開港與中國航業》《開灤問題》組成。

　　11 月，《犧牲》載於《交通雜誌》第 1 卷第 2 期。

1933 年

　　1 月，《貨運負責中之聯運問題》載於《交通雜誌》第 1 卷第 4 期。

　　1 月，《狂瀾》（一到三章）〔註3〕載於《現代社會》第 2 卷第 1 期。

　　2 月 11 日、13～18 日、22 日，《生存之道》載於《庸報・另外一頁》（第
8 版）。

　　2 月 18 日，完成《讀〈文憑〉》，分上下兩篇載於《庸報・另外一頁》（1933
年 3 月 23 日、24 日，第 8 版），署名「曼因」。

　　3 月 19 日，王余杞在天津給鄒奮寫信，《王余杞與鄒奮間的通信》載於《庸
報・另外一頁》（1933 年 4 月 3 日，第 8 版）。

　　3 月 20 日，《浮沉》由北平星雲堂書店出版。

　　3 月，《貨物負責運輸》載於《鐵路協會月刊》第 5 卷第 3 期。

　　6 月 7 日，《〈朋友與敵人〉自序節錄》載於《庸報・另外一頁》（第 8 版）。

　　9 月 15 日，短篇小說集《朋友與敵人》（現代社會叢書）由現代社會月刊
社出版，實價五角。該小說集由 14 篇小說組成，包括《革命的方老爺》《窮途》
《朋友與敵人》《平凡的死》《犧牲》《楊柳青》《失業》《酒徒》《女賊的自白》
《歡呼聲中的低泣》（附《關於歡呼聲中的低泣》）《季珊君的心事》《一個日本
朋友》《生存之道》《善報》。書前有《序》。

　　10 月 14 日，完成《西行所見之二——商品與作品》，載於《庸報・另外
一頁》（10 月 28 日，第 9 版）。文末記有「（十月十四日）（待續）」。

_____

〔註 3〕後改名為《急湍》。

10 月 15 日，完成《西行所見之一——兩個影片》，載於《庸報·另外一頁》（10 月 27 日，第 9 版）。文末記有「十月十五日自上海」。

10 月 16 日，完成了《南京——旅途所見之二》，載於《中央日報·中央公園》（11 月 3 日，第 8 版）。

10 月 20、21 日，《重來》連載於《民報·民眾俱樂部》（第 4 版），署名「余杞」。

10 月 21 日，完成《江上——蜀行所見之一》，載於《四川晨報·線下》第 31 期（1933 年 12 月 3 日，第 8 版）。

10 月 23 日，完成《黃鶴樓頭——蜀行所見之二》，載於《四川晨報·線下》第 31 期（1933 年 12 月 3 日，第 8 版）。

10 月，《鐵路旅行指南及旅行指南叢刊提案》載於《鐵路協會月刊》第 5 卷第 10 期。

11 月 2 日，《火車上有感——旅途所見之一》載於《中央日報·中央公園》（第 8 版）。

11 月 4 日，《秦淮河畔》載於《中央日報·中央公園》（第 8 版）。

1934 年

1 月 31 日，《民生實業公司》載於《交通雜誌》第 2 卷第 6 期（1934 年 4 月）。

3 月 1 日，《自流井：「西行所見」之一（附照片）》載於《時代》第 5 卷第 9 期。

3 月 2 日，完成《落花時節》，載於《國聞週報》第 11 卷第 11 期（3 月 19 日）。

3 月 16 日《宜昌車站：「西行所見」之二（附照片）》載於《時代》第 5 卷第 12 期。

3 月 19 日，完成《榮歸與敗走》，連載於《國聞週報》第 11 卷第 17 期（4 月 30 日）、18 期（5 月 7 日）。

3 月 26 日，完成《家——「漫遊散記」之一》，載於《時代》第 6 卷第 3 期（1934 年 6 月 1 日）。

5 月 1 日，《兩個時代》載於《時代》第 6 卷第 1 期。

5 月 28 日，完成《母與子》，載於《當代文學》第 1 卷第 1 期（1934 年 7 月 1 日）。

6月14日，《《當代文學》》載於《北平晨報・北晨學園》第689號（第13版）。

6月16日，《望江樓與薛濤井——「漫遊散記」之二》載於《時代》第6卷第4期。

6月25日，完成《編後》，載於《當代文學》第1卷第1期（1934年7月1日），未署名。

7月1日，《發刊詞》載於《當代文學》第1卷第1期。

7月1日，《山海關——「漫遊散記」之三》載於《時代》第6卷第5期。

7月15日，《北戴河海濱——「漫遊散記」之四》載於《時代》第6卷第6期。

7月15日，完成《〈半農雜文〉（書評）》，載於《當代文學》第1卷第2期（1934年8月1日），署名「曼因」。

7月25日，完成《編後》，載於《當代文學》第1卷第2期（1934年8月1日），未署名。

7月26日，深夜寫完《三種人》，載於《當代文學》第1卷第4期（1934年10月1日）。

8月1日，《夔門：「漫遊散記」之五》載於《時代》第6卷第7期。

8月16日，《三峽：「漫遊散記」之六》載於《時代》第6卷第8期。

8月25日，完成《編後》，載於《當代文學》第1卷第3期（1934年9月1日），未署名。

9月1日，《大連「漫遊散記」之七》載於《時代》第6卷第9期。

9月16日，《旅順——「漫遊散記」之八》載於《時代》第6卷第10期。

9月24日，詩歌《回家》載於《華北日報・文藝週刊》第4期（第7版），署名「曼因」。

9月25日，完成《編後》，載於《當代文學》第1卷第4期（1934年10月1日），署名「曼因」。

10月1日，《文壇消息》載於《當代文學》第1卷第4期，署名「曼因」。

10月1日，《西湖——「漫遊散記」之九》載於《時代》第6卷第11期。

10月10日，《玉山——「漫遊散記」之十》載於《時代》第6卷第12期。

10月20日，《中秋》載於《太白》第1卷第3期。

　　10 月 24 日，《輪船上》分上下篇連載於《國聞週報》第 12 卷第 18、19 期（1934 年 5 月 13 日、20 日）。

　　10 月 25 日，完成《編後》，載於《當代文學》第 1 卷第 5 期（1934 年 11 月 1 日），未署名。

　　10 月 27 日，完成《孤獨的人》，載於《國聞週報》第 11 卷第 45 期（11 月 12 日）。

　　11 月 1 日，《文壇雜報》載於《當代文學》第 1 卷第 5 期，署名「曼因」。

　　11 月 4 日，完成《秋》，分三次連載於《北平晨報・北晨學園》第 777、778、780 號（1935 年 2 月 1、7、12 日，第 11 版）。

1935 年

　　1 月 1 日，《狂瀾》第一、二章載於《北調》創刊號。

　　1 月 1 日，《除夕》載於《國聞週報》第 12 卷第 1 期。

　　1 月 29 日，完成《今年是什麼年》，載於《益世報・文學週刊》第 49 期（1935 年 2 月 20 日，第 11 版）。

　　2 月 1 日，《狂瀾》第三章載於《北調》第 1 卷第 2 期。

　　2 月 13 日，《站長》載於《益世報・文學週刊》第 48 期（第 11 版）。

　　3 月 3 日，《發刊詞》《張大媽》載於《庸報・噓》第 1 期。

　　3 月 4 日，《老生與小丑》載於《國聞週報》12 卷 8 期。

　　3 月 10 日，《我們所需要的下品文——介紹一本我們所需要的小品文集》（署名「曼因」）和《石夥計》（署名「王余」）載於《庸報・噓》第 2 期。

　　3 月 20、22 日，分別完成《致讀者（一）》、《致讀者（二）》，載於《庸報・噓》第 4 期（1935 年 3 月 24 日，第 12 版），署名「噓」。

　　3 月 28 日，《記成都遇仙——「漫遊散記」之一》載於《庸報・噓》第 7 期（1935 年 4 月 21 日，第 12 版）。文末記有「一九三五三月二十八補記」。

　　3 月 30 日，在唐山完成了《工廠與工人》，載於《京報・復活》（1935 年 5 月 11 日第 10 版）。文末記有「三月三十日在唐山」。

　　4 月 15 日，《厭倦》載於《申報月刊》第 4 卷第 4 號。

　　5 月 12 日，《介紹〈人生與文學〉》載於《庸報・噓》第 9 期（第 7 版），未署名〔註4〕。

〔註 4〕原文：「主編：柳無忌，羅暟嵐等。創刊號四月。通訊處：天津南開大學」

5月18日，追記了《林講演──「漫遊散記」之一》，載於《盍旦》創刊號（1935年10月15日）。

5月22日，完成《雨》，載於《完成》創刊號（1935年7月15日）。

5月26日，《致讀者》載於《庸報·噓》第11期（第7版），署名「噓」。

6月9日，《致讀者》載於《庸報·噓》第13期（第8版），署名「噓」。〔註5〕

6月10日，《爬》載於《人生與文學》第1卷第3期。

6月13日，完成《濟南半日記》，載於《庸報·另外一頁》（1935年7月10日，第9版）。

6月16日，《細故》載於《庸報·噓》第14期（第8版），署名「曼因」。文末記有「六月十日·離津之夕」。

6月25日，在青島完成《自流井》，載於《太白》第2卷第9期（1935年7月20日）。

6月29日，在上海完成《都市裏的鄉下人》，載於《星火》第1卷第3期（1935年7月20日）。

6月30日，《汽車路》載於《庸報·噓》第16期（第8版）。文末記有「二月二十五」。

6月，在青島追記《積習難除》，載於《庸報·噓》第18期（1935年7月14日，第12版），署名「隅棨」。

7月9日，在青島完成《頭獎誌喜》，載於《人生與文學》第1卷第4期（1935年7月10日）。

7月14、21、28日，8月4、11、18、26日，9月1、8日，《一個陌生人在青島》連載於《青島民報·避暑錄話》第1～9期（第10、11版）。（7月21日發表的《一個陌生人在青島》（二）文末記有「六月二十七日」。）

7月21日，《介紹〈避暑錄話〉週刊》載於《庸報·噓》第19期（第10版），未署名。

7月10～14日，《北寧沿線物產與其運輸情況及所望於鐵展會者》，載於《青島時報》第10版的《第四屆鐵展特刊》，又載於《第四屆鐵展會開幕特刊》。

〔註5〕原文：「本刊通訊處現暫改由本報轉交，敬希注意。」

　　7 月 21 日，《北寧沿線物產與其運輸情況及所望於鐵展會者（續開幕特刊）》，載於《都市與農村》第 10 期。

　　8 月 1 日，完成《曲阜泰山之行》，載於《文藝大路》第 2 卷第 1 期（1935年 11 月 29 日）。

　　8 月 28 日，完成《另外一頁三周的話》，載於《庸報・另外一頁》（1935年 9 月 2 日，第 9 版）。

　　8 月，完成《孩子的命運》，載於《創作》第 1 卷第 3 期（1935 年 9 月 15日）。

　　9 月 8 日，《編者啟事》載於《庸報・噓》第 25 期（第 12 版），未署名〔註 6〕。

　　9 月 17 日，《人間世和論語》載於《庸報・另外一頁》（第 9 版），署名「隅桀」。

　　10 月 17 日，《讀新文學大系廣告書後》載於《庸報・另外一頁》（第 9 版）。署名「隅桀」。

　　10 月 20 日，《故人消息》載於《益世報・益世小品》第 30 期，第 14 版。

　　10 月 22 日，《成名必備條件》載於《庸報・另外一頁》（第 9 版），署名「隅桀」。

　　11 月 1 日，攝影作品《詩人臧克家夫婦在禹城車站留影》載於《庸報・另外一頁》（第 9 版），署名「隅桀」。

　　11 月 2 日，《文藝政治家萬歲！》載於《庸報・另外一頁》（第 9 版），署名「隅桀」。

　　11 月 10 日，《千字文》載於《益世報・益世小品》第 33 期（第 14 版）。

　　11 月 18、25 日，《黃山歸來》連載於《國聞週報》第 12 卷第 45、46 期。

　　11 月 19 日，在天津完成《往事小記》，載於《交大平院季刊》第 2、3 期合刊（1935 年 12 月）。

　　11 月 20 日，《技巧》載於《庸報・另外一頁》（第 9 版），署名「隅桀」。

　　11 月 20 日，《寒雨》載於《立報・言林》（第 2 版）。

　　11 月 22 日，《編者作者之間》載於《庸報・另外一頁》（第 9 版），署名「隅桀」。

　　11 月 28 日，《霧》載於《立報・言林》（第 2 版）。

〔註 6〕原文：「本刊自本期起，暫改為六欄地位，尚希讀者注意。」

11 月 29 日，《哪怕只有一個讀者》載於《文藝大路》第 2 卷第 1 期革新號。

12 月 1 日，完成《〈寫作留題〉小引》，載於《益世報・益世小品》第 45 期（1936 年 2 月 9 日，第 8 版）。

12 月 1 日，《故都之冬》組照載於《旅行雜誌》第 9 卷第 12 期，署名「曼因」。

12 月 1 日，《城裏的世界》載於《向道》第 1 卷第 5 期，署名「李曼因」。

12 月 4 日，《文人的真面目》載於《庸報・另外一頁》（第 9 版），署名「隅棻」。

12 月 8 日，《暖和的太陽》載於《立報・言林》（第 2 版）。文末記有「十二月二日自天津寄」。

12 月 11 日，《貧困》載於《申報・本埠增刊》（第 18 版），署名「曼因」，文末記有「冬夜隨筆之一」。

12 月 13 日，《〈頭獎誌喜〉自序——聯合叢書之一》載於《益世報・文藝週刊》第 31 期。

12 月 23 日，完成《說是非》，載於《益世報・益世小品》第 40 期（1935 年 12 月 29 日，第 8 版）。

12 月 25 日，《麻雀》載於《申報・本埠增刊》（第 16 版），署名「曼因」。文末記有「冬夜隨筆之二」。

12 月 31 日，完成《一九三五中國文壇回顧》，載於《庸報・另外一頁》的「另外一頁新年增刊」（1936 年 1 月 1 日第 9 版）。文末署「十二月，卅一日」。

1936 年

1 月 2 日，《月不長圓》載於《立報・言林》（第 2 版）。文末記有「寄自天津」。

1 月 9 日，在天津完成《〈萬里遊程〉題記》，載於《益世報・益世小品》第 51 期（1936 年 3 月 22 日，第 4 版）。

1 月 10 日，在天津完成《〈惜分飛〉抄後記》，載於《益世報・益世小品》第 44 期（1936 年 2 月 2 日，第 2 版）。

1 月 21 日～11 月 21 日，《自流井》（一到三十一）連載於《中心評論》第 1 期到第 31 期。

2月1日,《檄獻身於文藝的朋友們》載於《庸報‧另外一頁》(第9版),署名「隅棨」。

2月26日,在天津追寫《除夕特寫》,載於《東方文藝》第1卷第2期(5月25日)。

3月2日,《看報》載於《立報‧言林》(第2版)。文末記有「二月二十日寄自天津」。

3月10日,《書奴》載於《立報‧言林》(第2版)。

3月25日,《將軍》載於《東方文藝》第1卷第1期。

3月,《鐵路信託事業之使命與業務》載於《交通雜誌》第4卷第3期。

4月11日,於北平完成《兄弟》,載於《東方文藝》第1卷第3期(1936年6月25日)。

4月12日,《〈百花深處〉抄存後記》載於《益世報‧益世小品》第53、54期合刊(第14版)。

4月15日,完成《報紙副刊新聞化———一個偶然想到的小提議》,載於《益世報‧益世小品》第56期(1936年4月26日,第14版)。

5月4日,於北平完成《戲校參觀記》,載於《人生與文學》第2卷第2期(1936年7月10日)。

5月7日,《湯山沐浴有感——古城漫筆之一》載於《立報‧言林》(第2版)。

5月9日、10日,《隆福寺廟會——古城漫筆之二》分上下兩篇連載於《立報‧言林》(第2版)。

5月19日,於北平完成《反抗與屈伏》,載於《益世報‧文藝周》第6期(1936年6月7日,第14版)。

5月,《關於〈當代文學〉》和《不平的平村》載於《每月文學》創刊號。

6月,在北平完成《〈急湍〉後記》,載於《益世報‧文藝周》第9期(1936年6月28日,第14版),署名「隅棨」。

7月20日,長篇小說《急湍》由上海聯合社,因內容抗日,用筆名「隅棨」。

7月25日,《古城紀事》,載於《東方文藝》第1卷第4期。

9月8日,在北平完成《北平的義務戲》,9月9日晨寫完附記,載於《光明》第1卷第8號(1936年9月25日)。

9 月，完成了《西行所見·小序》，載於《華北日報·每日文藝》第 684 期（1936 年 11 月 3 日，第 8 版），署名「曼因」。

10 月 20 日，深夜完成《悲憤——因魯迅先生的逝世而作》，載於《益世報·文藝周》第 25 期（1936 年 11 月 1 日，第 8 版）。

10 月 27 日，在天津完成《王余杞先生來函》，載於《光明》第 1 卷第 11 號（1936 年 11 月 10 日）。

11 月 4 日～12 月 24 日（除 11 月 7、21、28 日，12 月 7、17、18、20 日），《西行所見》（一到四十五）連載於《華北日報·每日文藝》（第 8 版），署名「曼因」。

11 月 14 日，在天津完成《〈自流井〉序》，載於《中心評論》第 32 期（1936 年 12 月 1 日）。

11 月，完成《抗敵——進攻！》，載於《詩歌小品》第 3 期（1936 年 12 月 10 日）。

1937 年

1 月 1 日、6～8 日，《過年有感》連載於《益世報·語林》第 1507、1509～1511 號（第 6 版）。

2 月 5、6 日，《海河汩汩流》（一）（二）連載於《益世報·語林》第 1539、1540 號（第 11 版）。

2 月 8、9 日，《海河汩汩流》（三）（四）連載於《益世報·語林》第 1541、1543 號（第 11 版）。

2 月 16～27 日（除 2 月 21 日），《海河汩汩流》（五）至（十五）連載於《益世報·語林》第 1550～1561 號（第 11 版）（《海河汩汩流》（十）刊於第 14 版）。

2 月 19 日，《公門與民眾》載於《北平晨報·民眾生活》第 6 期（第 7 版）。

3 月 2～6 日，《海河汩汩流》（十六）至（二十）連載於《益世報·語林》第 1564～1568 號（第 11 版）。

3 月 8 日～13 日，《海河汩汩流》（二十一）至（二十六）連載於《益世報·語林》第 1570 號至第 1575 號（第 11 版）。

3 月 15 日，在天津完成《過生日》，載於《益世報·文藝周》第 51 期（1937 年 5 月 9 日，第 14 版），又載於《大同報·文藝》（1937 年 5 月 14 日、15 日第 6 版），署名「余杞」。

3 月 16～20 日，《海河汩汩流》（二十七）至（三十一）連載於《益世報·語林》第 1578 號至第 1582 號（第 11 版）。

3 月 23～31 日（除 3 月 28 日），《海河汩汩流》（三十二）至（三十九）連載於《益世報·語林》第 1585 號至第 1593 號（第 11 版）。

3 月 27 日，《賽金花與小鳳仙》載於《北平晨報·風雨談》第 6 期（第 11 版）。

4 月 1 日、5 月 1 日，《東南半壁遊程》分上下兩篇連載於《鐵道半月刊》第 2 卷第 7 期、第 9 期。

4 月 2、3 日，《海河汩汩流》（四十）（四十一）連載於《益世報·語林》第 1595、1596 號（第 11 版）。

4 月 5～30 日（除 4 月 11 日、4 月 16 日、4 月 18 日、4 月 19 日和 4 月 25 日），《海河汩汩流》（四十三）至（六十二）連載於《益世報·語林》第 1598 號至 1622 號（第 11 版）。

4 月 25 日，《幸勿上當》載於《立報·言林》（第 2 版）。

4 月，姚乃麟編《現代創作小品選》由上海中央書店出版。該作品選收錄王余杞的短篇小說《雪》。

5 月 3 日～5 月 8 日，《海河汩汩流》（六十三）至（六十八）連載於《益世報·語林》第 1625 號至第 1630 號（第 11 版）。

5 月 10 日～5 月 14 日，《海河汩汩流》（六十九）至（七十三）連載於《益世報·語林》第 1632 號至第 1636 號（第 11 版）。

5 月 18 日～5 月 22 日，《海河汩汩流》（七十四）至（七十八）連載於《益世報·語林》第 1639 至第 1643 號（第 11 版）。

5 月 24 日～5 月 31 日（除 5 月 30 日），《海河汩汩流》（七十九）至（八十五）連載於《益世報·語林》第 1645 號至第 1652 號（第 11 版）。

5 月，《洋船與鐵路——鐵路故事之一》載於《交通雜誌》第 5 卷第 5 期。

6 月 2～5 日，《海河汩汩流》（八十六）至（八十九）連載於《益世報·語林》第 1654 號至第 1657 號（第 11 版）。

6 月 7～12 日，《海河汩汩流》（九十）至（九十五）連載於《益世報·語林》第 1659 號至第 1664 號（第 11 版）。

6 月 14 日，《海河汩汩流》（九十六）連載於《益世報·語林》第 1666 號（第 11 版）。

6 月 16～19 日,《海河汨汨流》（九十七）至（一百）連載於《益世報・語林》第 1668 號至第 1671 號（第 11 版）。

6 月 21～26 日,《海河汨汨流》（一百〇一）至（一百〇六）連載於《益世報・語林》第 1673 號至第 1678 號（第 11 版）。

6 月 28～30 日,《海河汨汨流》（一百〇七）至（一百〇九）連載於《益世報・語林》第 1680 號至第 1682 號（第 11 版）。

6 月,在天津完成《如其有病在天津》,載於《益世報・文藝週刊》第 59 期（1937 年 7 月 4 日,第 14 版）。

7 月 2～3 日,《海河汨汨流》（一百一十）至（一百一十一）連載於《益世報・語林》第 1684 號至第 1685 號（第 11 版）。

7 月 5～10 日,《海河汨汨流》（一百一十二）至（一百一十七）連載於《益世報・語林》第 1687 號至第 1692 號（第 11 版）。

7 月 14 日,《海河汨汨流》（一百一十八）載於《益世報・語林》第 1696 號（第 11 版）。

7 月 16、18 日,《在前線的後方》連載於《立報・言林》（第 2 版）。

7 月 16 日～7 月 17 日,《海河汨汨流》（一百一十九）至（一百二十）連載於《益世報・語林》第 1698 號至第 1699 號（第 11 版）。

7 月 19～24 日,《海河汨汨流》（一百二十一）至（一百二十六）連載於《益世報・語林》第 1701 號至第 1706 號（第 11 版）。

10 月 31 日,《沉默的凱旋》載於《風雨》第 8 期。

10 月,短篇小說集《將軍》由上海雜誌社出版,包括《將軍》《兄弟》《古城紀事》三篇。

1938 年

1 月 20 日,三幕劇《八百壯士》由上海雜誌公司發行,每冊實價三角。該劇本由丁里、宋之的、王余杞、陳凝秋、崔嵬、王震之集體創作,崔嵬、王震之執筆。

1 月 31 日,《歲杪有感》載於《大公報・戰線》第 107 號（第 5 版）。

2 月 16 日,《北望開封》載於《流火》4、5 期合刊。

3 月 1 日,王余杞與劉白羽合作的《八路軍七將領》（戰地生活叢刊　第一種）由上海雜誌公司出版,每冊實價兩角五分。該書由《朱德》《任弼時》

《林彪》《彭德懷》《彭雪楓》《蕭克》《賀龍》《後記》八篇組成，其中《朱德》《賀龍》《林彪》三篇由王余杞撰寫。

6 月 13 日，《「一界寒儒」周作人》載於《新蜀報·新光》第 44 期（第 3 版）。

6 月 15 日，《周作人和郁達夫》載於《新蜀報·新光》第 45 期（第 3 版）。文末署「六月五日，三八」。需要注意的是，該文與《「一界寒儒」周作人》係一篇文章的兩部分。編者特意在該文正文前加上了「編者注」，其中寫到：「本文原係上期發表之《『一界寒儒』周作人》一文之後段；為著醒目起見，便把它改成了這樣的一個標題，尚希作者原諒。」

6 月 19、26 日，7 月 3、10、17 日，《陝州～平陸》（一到五）連載於《國民公報·國民公報星期增刊》（第 1 版，7 月 17 日載於第 2 版）。

7 月 30 日，通訊《「七七」週年在新都》載於《抗戰文藝》第 2 卷第 3 期。

10 月 1 日，《小弟兒的一生》載於《文藝月刊》第 2 卷第 4 期。

11 月 14 日，在自流井完成《鋼鐵與灰燼》，載於《抗戰文藝》第 3 卷第 3 期（1938 年 12 月 17 日）。

12 月 17 日，《久大問題》載於《新運日報》。

《1939 年預言》載於《正確日報·火網》。

1939 年

1 月 1 日，《歲暮下行車》載於《文藝月刊》第 2 卷第 9、10 期合刊。

2 月 4 日，《警報》載於《抗戰文藝》第 3 卷 8 期。

2 月 21 日，在自流井完成《記蒲風》，載於《流火》第 7、8 期合刊（1939 年 6 月 16 日）。

4 月 16 日，《國幣壹圓》載於《文藝月刊·戰時特刊》第 3 卷第 3、4 期合刊。

4 月 21 日，《交差聲明》載於《新運日報》。

7 月 7 日，改作街頭劇《認清敵人》，載於《文藝陣地》第 3 卷第 12 期（1939 年 10 月 1 日）。

8 月 5 日，《仇恨的滋長》載於《民意》第 86 期。

9 月 7 日，《洞中有感》載於《大公報·戰線》第 360 號（第 4 版）。

9 月 25、27、29 日，10 月 2、4、11、13、20、25 日，《出兵》連載於《時事新報·文座》（重慶版）第 1～5、7、8、11、13 號（第 4 版），署名「余杞」。

10 月 1 日，街頭劇《認清敵人》載於《文藝陣地》第 3 卷 12 期。

12 月 2 日，《轟炸與孩子》載於《民意》第 103 期。

12 月 19 日，在自流井完成《敬悼吳承仕先生》，載於《全民抗戰》第 105 期（1940 年 1 月 13 日）。

1940 年

3 月，《蹉跌》載於《文藝月刊・戰時特刊》第 4 卷第 2 期（1940 年 3 月 16 日）。

9 月 28 日，在新都完成《秋到桂湖》，載於《野草》第 3 期（1940 年 10 月 20 日）。

10 月 1 日，《紀念魯迅先生》載於《筆陣》新 2 卷 1 期。

1938 年 8 月到 1940 年 3 月《我的故鄉》在自貢《新運月報》連載。

1941 年

1 月，完成《漫談驛運》，連載於《驛運月刊》1 卷 1、2 期，第 2 卷第 1 期（1941 年 3、4、6 月）。後注「待續」一詞。

8 月 1 日，完成《〈全民抗戰〉長詩題記》，載於《筆陣》第 4 期（1942 年 8 月 20 日）。

1942 年

2 月 7 日，《舊劇表演之重要》，載於《石門新報・新氣象》（第 3 版），署名「曼因」。

8 月 20 日，《四萬萬人的仇恨——長詩〈全民抗戰〉》（第一章）載於《筆陣》新 4 期。

10 月 15 日，《平津路不通——〈全民抗戰〉長詩》（第二章）載於《筆陣》新 5 期。

1943 年

4 月 7 日，《致詞》載於《蜀風》第 9 期第 1 版，《川江記略》載於《蜀風》第 9 期第 2 版。

4 月 15 日，長詩《中山陵做見證》（《全民抗戰》第四章）載於《筆陣》新 8 期（連載未完，其後刊物停辦）。

1944 年

2 月，長篇小說《海河汨汨流》由重慶建中社出版，定價國幣五十元。全書共十三章，書前有《建中文藝叢書總序》《自序》。該小說 1937 年初開始在《益世報·語林》連載，因「七七事變」中斷，1939 年補寫完最後一章。

2 月 31 日，完成《四川兩年來之驛運》，載於《四川建設》第 2 期。

3 月，長篇小說《自流井》由東方書社發行，定價土報紙一百一十元，粉報紙二百元。署名曼因。全書共三十一章，書前有《序》，書後有《校後記》。

1945 年

3 月，《某夜》載於《文潮》第 2 卷第 1 期。

7 月 1 日，《一個教訓》載於《榮縣新聞》副刊。

1946 年

2 月 27 日，完成「新北京」，載於《大公報·綜合》第 60 期（1946 年 3 月 14 日，第 4 版）。

3 月 10 日，《平津重到》載於《大公報·文藝》津新 12 期（第 4 版）。

3 月 18 日，完成《春雪》，載於《大公報·綜合》第 65 期（1946 年 3 月 28 日，第 4 版）。

3 月 28 日，《修橋補路》載於《大公報·綜合》第 65 期（第 4 版）。

4 月 6 日，《人情》載於《大公報·綜合》第 66 期（第 4 版）。

4 月，翻譯的法國作者 Berkuld Bardey 的戀愛心理小說《白色傷痕》，載於《小說》創刊號。

5 月 8 日，《鐵軌是可以下荷包的》載於《大公報·綜合》第 74 期（第 4 版）。

5 月 14 日，於天津完成《美田良港付荒涼》，載於《大公報·綜合》第 85 期（1946 年 7 月 14 日，第 4 版）。

6 月 8 日，完成《出關》，載於《大公報·綜合》第 95 期（1946 年 8 月 7 日，第 6 版）。

6 月，《人我之間》載於《文聯》第 2 卷第 7 號（1946 年 6 月 15 日）。

8 月 13 日，完成《松花江上》，載於《大公報·綜合》第 110 期（1946 年 8 月 26 日，第 6 版）。

8月16日，完成《漢奸詩和奴才文──燈下散記之一》，載於《益世報·讀書週刊》第5期（1946年8月30日，第3版）。

8月24日，完成《勇士們──燈下散記之二》，載於《益世報》（1946年10月12日）。

8月7、14、25日，《望中原》（一、渡頭）載於《益世報·文學》第1～3期（第3版）。

9月1、8日，《望中原》（二、中國的「坦能堡」）載於《益世報·文學》第4、5期（第3版）。

9月10日，《榆關那畔行》載於《人民文藝》第1卷第6期。

9月15、22、29日，《望中原》（三、突圍夜話）載於《益世報·文學》第6～8期（第3版）。

10月3、4、5、8、9、11～14日，《天上人間》連載於《北平日報·凱旋門》（第2版）。

10月6日，《望中原》（四、害了人民，功在國家）載於《益世報·文學》第9期（第3版）。

10月29日～11月5日，《望中原》（四、害了人民，功在國家）連載於《益世報·語林》第212號到219號（第6版）。

11月6日～11月20日，《望中原》（五、烏鴉）連載於《益世報·語林》第220號到234號（第6版）。

11月7日，在天津完成《東北鐵路史話》連載於《大公報》（1946年11月12～18日第3版）。

11月21、22日，《中國長春鐵路述略》連載於《益世報》（第4版）。

12月15日，《文化氣氛》載於《人民世紀》第1卷第4期。

1947年

1月1日，《人生如戲──元旦賦筆》載於《益世報·別墅》（第8版）。

1月8、9、15、16、17、20、21號，《東北鐵路史話》連載於《大公報》（上海版）（第9版）。

1月12日，《錘鍊》（序）載於《益世報·語林》第286號（第6版）。

1月13日～1月21日，《錘鍊》（一、「外國地」的燈）連載於《益世報·語林》第287號至295號（第6版）。

　　1 月 15 日，杜建時、李書田、王余杞、王家齊、林墨農的《我的計劃》載於《人民世紀》第 1 卷第 5、6 期合刊，其中第三則為王余杞所寫。

　　1 月 25 日～1 月 29 日，《錘鍊》（二、蹉跌）連載於《益世報・語林》第 297 至 301 號（第 6 版）。

　　1 月 26、27 日，王余杞執筆的《我們對於革新評劇的主張》分上下兩篇連載於《益世報・語林》第 298、299 號（第 6 版）。

　　2 月 2 日～2 月 6 日，《錘鍊》（二、蹉跌）連載於《益世報・語林》第 304 至 308 號（第 6 版）。

　　2 月 7 日～2 月 8 日，《錘鍊》（三、怎樣去了又回來）連載於《益世報・語林》第 309 號至 310 號（第 6 版）。

　　2 月 11 日，《錘鍊》（三、怎樣去了又回來）載於《益世報・語林》第 313 號（第 6 版）。

　　2 月 13 日，《錘鍊》（三、怎樣去了又回來）載於《益世報・語林》第 315 號（第 6 版）。

　　2 月 15 日，《戲劇節獻詞》載於《益世報・別墅》（第 6 版）。

　　2 月 18～26 日（偶數日），《錘鍊》（三、怎樣去了又回來）載於《益世報・語林》第 319～327 號（第 6 版）。

　　3 月 1 日～3 月 3 日，《錘鍊》（三、怎樣去了又回來）連載於《益世報・語林》第 330 號至第 332 號（第 6 版）。

　　3 月 2 日，《寫給青年朋友》載於《中南報》（第 2 版）。

　　3 月 5 日～3 月 6 日，《錘鍊》（三、怎樣去了又回來）連載於《益世報・語林》第 334 號至第 335 號（第 6 版）。

　　3 月 9 日～3 月 12 日，《錘鍊》（四、孤難群）載於《益世報・語林》第 338 號至 341 號（第 6 版）。

　　3 月 10 日，《我們為什麼上演〈陸文龍〉》載於《益世報・語林》第 339 號（第 6 版）。

　　3 月 14 日，《錘鍊》（五、破獲）載於《益世報・語林》第 343 號（第 6 版）。

　　3 月 16 日，《錘鍊》（五、破獲）載於《益世報・語林》第 345 號（第 6 版）。

　　3 月 18、19 日，《錘鍊》（五、破獲）載於《益世報・語林》第 347、348 號（第 6 版）。

　　3 月 21 日，《錘鍊》（五、破獲）載於《益世報・語林》第 350 號（第 6 版）。

3月23日～3月25日，《錘鍊》（六、疚）連載於《益世報・語林》第352號至354號（第6版）。

3月27日～3月31日，《錘鍊》（六、疚）連載於《益世報・語林》第355號至359號（第6版）。

3月29日，《市歌試作》載於《益世報・語林》第357號（第6版）。

4月3日～4月7日，《錘鍊》（七、國運）連載於《益世報・語林》第362號至367號（第6版）。

4月5日，《感念張伯苓先生》載於《大公報》（第4版）。

4月9日，《天津實驗劇團第一聲》載於《益世報》（第6版）。

4月10日～4月14日，《錘鍊》（七、國運）連載於《益世報・語林》第368號至第372號（第6版）。

4月15日～4月22日，《錘鍊》（八、夕陽人影亂）連載於《益世報・語林》第373號至380號（第6版）。

5月4日，《錘鍊》（八、夕陽人影亂）載於《益世報・語林》第386號（第6版）。

5月5日，《繼承五四精神　恢復狂熱堅強》（王余杞代杜市長致辭）載於《益世報》（第4版）

5月6日，《錘鍊》（八、夕陽人影亂）載於《益世報・語林》第387號（第6版）。

5月10日，《錘鍊》（八、夕陽人影亂）載於《益世報・語林》第389號（第6版）。

5月16日，《錘鍊》（八、夕陽人影亂）載於《益世報・語林》第392號（第3版）。

5月20～28日（偶數日），《錘鍊》（八、夕陽人影亂）載於《益世報・語林》第394～398號（第3版）。

6月5日，《錘鍊》（九、十二月十三日）載於《益世報・語林》第402號（第3版）。

6月7日，《錘鍊》（九、十二月十三日）載於《益世報・語林》第403號（第3版）。

6月9日，《錘鍊》（九、十二月十三日）載於《益世報・語林》第404號（第3版）。

6月13日，《錘鍊》（九、十二月十三日）載於《益世報‧語林》第406號（第3版）。

6月17日，《錘鍊》（九、十二月十三日）載於《益世報‧語林》第408號（第3版）。

6月19日～7月5日（奇數日），《錘鍊》（九、十二月十三日）連載於《益世報‧語林》第409號至第417號（第3版）。

9月11日，夜12時完成《我看〈假鳳虛凰〉》載於《益世報》（1947年9月13日，第4版）

11月15日，《對青年談學習》載於《青年半月刊》第3卷第8期。

11月28日，12月1、8、11、12日，《革新平劇再議》連載於《益世報‧別墅》（第6版）。

12月29、31日，1月2、5、7、9日，《四維的戲》（一到六）連載於《益世報‧別墅》（第6版）。

1948年

1月3日，《專論：文化改進委員會新使命》載於《天津市》第5卷第8期。

1月26日，《「金鉢記」》載於《益世報‧別墅》（第6版）。

1月27日，《江漢漁歌——北平改良平劇之一》載於《益世報‧別墅》（第6版）。

3月12日，《平劇用布景嗎？》載於《益世報‧別墅》（第6版）。

3月26日，《關於「陸文龍」反正》載於《益世報‧別墅》（第6版）。

6月12日，《文化會堂業務計劃》載於《天津市》第7卷第7期。

9月1、2日，《側談天津報紙》連載於《大公報》（第5版）。

9月15日，《後之來者其誰歟？》載於《天津文化》第1期，署名「曼因」。

9月30日，《黃禍！黃禍！！黃禍！！！》載於《天津文化》第2期，署名「曼因」。

10月15日，《讀史窺民意》載於《天津民意》創刊號。

12月11日，《〈天津市〉兩年紀念詞》載於《天津市》第9卷第9期。

1949年

3月，作詩《送曼兒南下》，載於《天津日報》。

1950 年

　　11 月,《天安門上插紅旗》發表於《旅行雜誌》24 卷 11 期。

1951 年

　　10 月,《從鐵展看人民鐵道》載於《旅行雜誌》第 25 卷第 10 期。

1952 年

　　1 月,《我熱愛北京》載於《旅行雜誌》第 26 卷第 1 期。

　　6 月,《歡樂在天安門》載於《旅行雜誌》第 26 卷第 6 期。

　　9 月,《歌頌水上英雄》載於《旅行雜誌》第 26 卷第 9 期。

　　10 月,《海濱訪勞模》載於《旅行雜誌》第 26 卷第 10 期。

　　王余杞已完稿中國首部鐵路史《中國鐵路史話》一書（未能發表,手稿現存中國現代文學館）。

1954 年

　　2 月,《重修陶然亭》載於《旅行雜誌》第 28 卷第 2 期。

1957 年

　　1 月,由人民鐵道出版社出版的《寶成鐵路（通訊集）》收錄了王余杞的《出色的秦嶺鐵路設計》一文。

　　6 月,《放鳴以後》載於《處女地》第 6 期。

1959 年

　　寫作舊體詩《去京》等 36 首。

1960 年

　　寫作舊體詩《春節》等 14 首。

1961 年

　　寫作舊體詩《春節》等 9 首。

1962 年

　　寫作舊體詩《兒女情》等 15 首。

1963 年

　　寫作舊體詩《探親》等 35 首。

1964 年

　　寫作舊體詩《雙拐》等 33 首。

1965 年

　　寫作舊體詩《夜行車》等 18 首。

1966 年

　　寫作舊體詩《小寒》等 12 首。

1967 年

　　寫作舊體詩《桂林山》等 48 首。

1968 年

　　寫作舊體詩《拾柴禾》等 5 首。

1969 年

　　寫作舊體詩《春寒》等 6 首。

1970 年

　　寫作舊體詩《病友情》等 26 首。

1971 年

　　寫作舊體詩《大雪》等 32 首。

1972 年

　　寫作舊體詩《未然》等 23 首。

1973 年

　　寫作舊體詩《杜甫墓》等 22 首。

1974 年

　　寫作舊體詩《愛群巷》等 30 首。

1975 年

　　寫作舊體詩《玉樹》等 4 首。

1976 年

　　寫作舊體詩《悼忠貞》等 7 首。

1977 年

　　寫作舊體詩《東風第一枝》等 11 首。

1978 年

　　寫作舊體詩《春節》等 22 首。

　　10 月，《在天津的七年》載於《天津文學史料》。

1979 年

　　寫作舊體詩《思潮》等 24 首。

　　5 月 22 日，《關於賀綠汀的〈游擊隊之歌〉》載於《新文學史料》1979 年第 3 輯。

　　11 月 22 日，《記〈當代文學〉》載於《新文學史料》1979 年第 5 期。

1981 年

　　2 月 22 日，《關於〈避暑錄話〉》和《〈八路軍七將領〉的寫作經過》載於《新文學史料》1981 年第 1 期（手稿現存中國現代文學館）。

1982 年

　　6 月，陳子善、王自立主編，由湖南文藝出版社出版的《回憶郁達夫》一書收錄了王余杞的《「送我情如嶺上雲」——緬懷郁達夫先生》一文。

　　10 月，《〈游擊隊歌〉和〈八路軍七將領〉》載於《抗戰文藝研究》第三輯（總第四輯）。

　　10 月，寫作舊體詩《失荊州》等 10 首。

1983 年

　　寫作舊體詩《二七》等 18 首。

　　《洪流回漩——記抗戰時期在自貢的鬥爭》載於《自貢市現代革命史研究資料》總第 20 期。

　　《「久大」的遷井風波》一文發表於《自流井》1983 年第 1 期。

1984 年

　　2 月，和聞國新合作的《歷代敘事詩選》由貴州人民出版社出版。

　　寫作舊體詩《七九生日》等 7 首。

1985 年

　　寫作舊體詩《又一春》等 4 首。

1987 年

2 月 22 日，《補遺二事》載於《新文學史料》1987 年第 1 期。

7 月，《「無人會登臨意！」——悼念李石鋒同志》載於《自貢文史資料選集》第 17 輯。

10 月，《在天津的七年》載於《天津文學史料》1987 年第 3 期。

在河北槁城作《G 城志外一章》一文（此文未發表，手稿現存中國現代文學館）。

1988 年

8 月 22 日，《冶秋和我》載於《新文學史料》1988 年第 3 期。

80 年代，撰文《最最難忘的一件事》《黃鶴樓記》（手稿現存中國現代文館）。《魯迅筆下的四代知識分子》（未發表）。

1999 年

3 月，《我的生平簡述》（陳青生整理）載於《新文學史料》1999 年第 3 期。

11 月，《黃花草》（王華曼整理）由汕頭群眾藝術館編印發行。

2009 年

1 月，《自流井》由大眾文藝出版社出版發行。

2016 年

10 月，王余杞著，王平明、王若曼整理的《王余杞文集》，由花山文藝出版社出版發行。該文集分為上、下卷，1900 千字。文集除《前言》《後記》外，收有王余杞撰寫的小說、散文、詩歌、回憶錄、編輯手記，以及王平明、王若曼整理的《王余杞生平和文學創作活動》。郁達夫、朱大枬為《惜分飛》寫的序言、陳青生所撰寫的《王余杞和〈我的故鄉〉》，分別作為附錄一、附錄二和附錄三，置於《後記》之後。

（該年表參考了陳裕容碩士論文《王余杞考論》的附錄《王余杞年表》，王平明、王若曼整理的《王余杞文集》所附《王余杞生平和文字創作活動》以及王發慶著《王余杞評傳》特此致謝。）

王余杞所編刊物目錄彙編

楊華麗　李琪玲

一、《荒島》半月刊

創刊號，1928 年 4 月 15 日出版

第二期，1928 年 5 月 1 日出版

〔註 1〕正文署名「洪白」。

第三期，1928 年 5 月 15 日出版

蠅與戰士……朱大枬
落葉飄蕭秋去矣……翟永坤
First Endeavor……王余杞
寄——……英女士
人生之一幕……翟永坤
溪邊……野鳴
林中的踟躕……王誌之
編輯先生……李曼因

第四期，1928 年 6 月 1 日出版

這兩個該死的女人……王余杞
無槍的勇士……枬
贈言……資生
午夜鐘聲……孫學洵
無題……穎夫
一支暗箭……王余杞
島隅
戰爭與和平……資生
公理何在……陳明憲
妙法……野鳴

第五期，1928 年 6 月 15 日出版

歡迎國民革命軍
一夜……翟永坤
春……念生
After The Wedding……余杞
失眠……朱大枬
故鄉的雨天……徐成達
唇影……雛心
北海塔下……李洪泊

第六期，1928 年 7 月 1 日出版

而今……漁夫
不倒翁……陳明憲

A Tragedy ························王余杞〔註2〕

怕他！ ····························曼苛

北海雜詩 ························李洪白

誘拐 ····························王誌之

飄渺的靈魂 ······················徐成達

第二卷　第一期〔註3〕，1929年1月15日出版

近代文藝批評漫談 ··················方幸

流浪 ····························袁世舉

CASUALTY ······················王誌之

紅淚 ····························李洪白

忘去吧 ··························徐成達

遊園後 ··························孫學洵

伊人 ····························曼苛

趙五爺 ··························楊莊華

關於編輯及其他種種 ················誌之

答郁達夫先生 ····················荒島社同人

二、《華北日報》副刊《徒然週刊》〔註4〕

第一期，1929年1月8日出版

干將和他的劍的故事 ················李自珍

給芸 ····························翟永坤

某小姐 ··························王余杞

編輯後記 ························李自珍

第二期，1929年1月15日出版

噪聲論 ····················叔本華　垚試譯

〔註2〕正文標題為「A Comedy」。

〔註3〕從該期的《答郁達夫先生》中獲知，王余杞不再是《荒島》的編輯，荒島社進行了改組。在該期之末，也預告了第二卷第二期的內容，但現在無法找到，因而無法確定其是否出版。

〔註4〕該刊係《華北日報》的副刊之一，創刊於1929年1月8日，終刊於1929年5月28日，共出20期。該刊係徒然社的發表陣地之一，除第二期刊登於第6、7版外，其他各期均佔據第10、11這兩個版面。從其《編輯後記》的署名來看，李自珍、王余杞都是編輯，第14期克西的《西山通信》的收信人也是「自珍、余杞」兩個。故將其目錄整理出來，以便於後續研究的展開。

第八期，1929 年 3 月 5 日出版

精明人 ……………………………… Henry Cuyler Bunner 王余杞試譯
玉屏簫 ……………………………………………………… 韻泉女士
液體的心 …………………………………………………… 李自珍

第九期，1929 年 3 月 12 日出版

釋四詩 ……………………………………………………… 張壽林
環谷小品（三）………………………………………………… 克西
液體的心（完）……………………………………………… 李自珍

第十期，1929 年 3 月 19 日出版

論詩六稿（續）……………………………………………… 張壽林
環谷小品（四）………………………………………………… 克西
煩絲 ………………………………………………………… 翟永坤

第十一期，1929 年 3 月 26 日出版

神秘主義與科學 …………………………………………… 佛郎士
釋詩一首 …………………………………………………… 紀生
環谷小品（五，六）…………………………………………… 克西
煩絲（完）………………………………………………… 翟永坤
正誤 ………………………………………………………… 翟永坤

第十二期，1929 年 4 月 2 日出版

雪紋 ………………………………………………………… 王余杞
明星 ………………………………………………………… 敏豈

第十三期，1929 年 4 月 9 日出版

麒麟 …………………………………… 谷崎潤一郎　李自珍試譯
春天 ………………………………………………………… 翟永坤
雪紋（續）………………………………………………… 王余杞

第十四期，1929 年 4 月 16 日出版

麒麟（續完）…………………………… 谷崎潤一郎　李自珍試譯
Ravenna 的一件慘事……………………………… 拜侖　潤皋譯
西山通信 …………………………………………………… 克西

第十五期，1929 年 4 月 23 日出版

上元 ………………………………………………………… 忍父
在聖誕節的時候 …………………………………… 柴霍甫　王余杞試譯

三、《當代文學》（天津書局發行）

第一卷　第一期，1934 年 7 月 1 日出版

第一卷　第二期，1934 年 8 月 1 日出版

四、《庸報》副刊《噓》（週刊）

〔註 5〕目錄中為「術藝」，現據正文改正。

〔註 6〕《庸報》1935 年 4 月 1 日至 4 月 20 日期間，未出版過《噓》第六期。

第二十五期，1935 年 9 月 8 日出版

祈雨 ·· 聞國新

農家的暮（詩）·· 袁勃

《泡沫文藝週刊》·· 勇余

憩午工（詩）··· 魏精忠

孩子的路（詩）·· 史輪

童養媳的命運（詩）··· 一平

都市的夜（詩）·· 一平

第二十六期，1935 年 9 月 15 日出版

霉饃饃 ·· 夜波

詩二首（《風暴》《陰影》）··· 曹莽

第二十七期，1935 年 9 月 22 日出版

遇 ·· 雨蘅

義地（詩）·· 今及

歌女（詩）·· 凡凡

這一點（詩）··· 凡凡

村夜（詩）·· 一平

散工（詩）·· 一平

王余杞研究資料目錄索引

李琪玲

1933 年

《〈浮沉〉》（書評），西夷（即許君遠），《北平晨報》1933 年 4 月 25 日第 12 版的副刊《北晨學園》。

《浮沉》，聞國新，《庸報》1933 年 6 月 19 日～21 日第 8 版的副刊《另外一頁》。

《讀〈朋友與敵人〉——並送余杞回川》，國新，《北平晨報》1933 年 12 月 29 日第 12 版的副刊《北晨學園》。

1935 年

《〈創作〉第三期的幾個短篇》，白木華，《華北日報》1935 年 9 月 27 日第 8 版的副刊《每日文藝》（第 292 期）。

1936 年

《王余杞先生來函》，編者，《光明》第 1 卷第 11 號，1936 年 11 月 10 日。

1937 年

《天津文壇動向》，李彥文，《庸報》1937 年 4 月 7 日第 9 版。

1944 年

《〈海河汨汨流〉》，長之，《時與潮文藝》第 3 卷第 3 期，1944 年 5 月 15 日。

1980 年

《〈當代文學〉上的兩篇隨筆——雜誌舊話之一》，唐弢，《散文》1980 年第 4 期。

1986 年

《王余杞與〈當代文學〉》，黃小同、常勇，《天津文學史料》1986 年第 1 期。

1990 年

《王余杞與自流井》，毛一波，《文史雜誌》1990 年第 6 期。

1991 年

《王余杞和他的長篇小說〈自流井〉》，王發慶，《蜀南文學》1991 年第 2 期。

《懷念父親王余杞》，王華曼，《新文學史料》1991 年第 2 期。

《王余杞簡歷》，《新文學史料》1991 年第 2 期。

1992 年

《從〈自流井〉到〈我的故鄉〉》，王發慶，《蜀南文學》1992 年第 2 期。

1995 年

《海風社》，郭武群，《新文學史料》1995 年第 4 期。

《現代四川文學的巴蜀文化闡釋》，李怡，湖南教育出版社 1995 年版。

1996 年

《新文學與四川作家論辯》中編第五章《王余杞：寫鹽業還是寫文化》，潘顯一，四川文藝出版社 1996 年版。

《王余杞和〈我的故鄉〉》，陳青生，《作家報》1996 年 5 月 18 日。

1999 年

《讀王余杞詩集〈黃花草〉》（《黃花草・弁言》），楊方笙，汕頭群眾藝術館編印，1999 年版。

2005 年

《王余杞與天津》，曾廣燦，《蜀南文學》2005 年第 4 期。

2006 年

《井鹽史與井鹽文化的瑰寶——陳列在美國華盛頓國會圖書館的〈自流井〉》，張國鋼，《四川檔案》2006 年第 1 期。

《〈自流井〉：井鹽史與井鹽文化的瑰寶》，張國鋼，《中國檔案》2006 年第 5 期。

《王余杞致陳青生書信選》，陳裕容，《現代中國文化與文學》2006 年第 1 期。

《王余杞創作訪談》，陳裕容，《現代中國文化與文學》2006 年第 1 期。

《王余杞大事年表》，陳裕容，《現代中國文化與文學》2006 第 1 期。

《王余杞致陳青生書信選》，陳裕容，《現代中國文化與文學》2006 第 1 期。

《王余杞考論》，陳裕容，西南大學 2006 年碩士論文。

2008 年

《小說〈自流井〉與鹽文化》，顏同林、譚琳妃，《中華文化論壇》2008 年第 1 期。

《從啟蒙到救亡：藝術視景的轉化、深入與侷限——王余杞小說創作簡論》，盧亞兵，《現代中國文化與文學》2008 年第 1 期。

《王余杞代表作〈自流井〉與鹽文化》，陳裕容，《鹽文化研究論叢》第三輯。

《王余杞小說研究》，盧亞兵，四川大學 2008 年碩士論文。

2010 年

《魯迅交往中的右派分子（二）》，朱正，《魯迅研究月刊》2010 年第 2 期。

2011 年

《關於「徒然社」》，趙國忠，《博覽群書》2011 年第 9 期。

2012 年

《自貢籍左聯作家王余杞》，陳思遜，《思遜隨筆》，澳門學人出版社 2012 年版。

2014 年

《文學視野中的鹽都音樂——讀〈自流井〉解自貢音樂形態》，宮修建，《鹽文化研究論叢》第七輯。

《〈自流井〉中的自貢方言詞彙今釋》，王浩、王益、閔毅，《語文建設》2014 年第 11 期。

2015 年

《論 20 世紀中國文學中的天津書寫》，曾娟、田中陽，《天津師範大學學報（社會科學版）》2015 年第 2 期。

《王余杞與魯迅》，廖太燕，《上海魯迅研究》2015 年第 2 期。

《郁達夫與翟永坤、王余杞：從一封佚函談起》，廖太燕，《廣播電視大學學報（哲學社會科學版）》2015 年第 2 期。

《研究與「歷史現場」——地方歷史視野中的自貢鹽業研究文本》，秦雙星，《中國鹽文化》第八輯。

《局部抗戰期的四川抗戰小說檢視》，陳思廣、盧亞兵，《中華文化論壇》2015 年第 8 期。

《重拾「被書寫」的鹽場文學——小說〈鏡花緣〉與〈自流井〉》，趙嵐，《中華文化論壇》2015 年第 7 期。

2016 年

《抗戰時期的天津文學》，閆立飛主編，社會科學文獻出版社 2016 年版。

2017 年

《〈王余杞文集〉誕生側記》，蔣周德，《自貢日報》2017 年 4 月 5 日。

2018 年

《簡論井鹽文化視閾下的鹽都文學創作實踐》，王余，《中國鹽文化》第十輯。

《王余杞在天津》，宮立，《天津日報》11 月 9 日第 12 版。

2019 年

《王余杞小說論（1927～1945）——寫在〈王余杞文集〉出版之際》，陳思廣、李先，《重慶三峽學院學報》2019 年第 1 期。

《從撰稿人角度看左翼文學刊物〈當代文學〉》，劉新豔、丁曉萍，《廣播電視大學學報（哲學社會科學版）》2019 年第 2 期。

《現代四川小說中的井鹽文化初探》，秦洪平，《中國鹽文化》第 12 輯。

2020 年

《文學人類學批評實踐：〈自流井〉中的「鹽都文化」書寫》，梁昭，《青海社會科學》2020 年第 3 期。

《論王余杞〈我的故鄉〉對故鄉與抗戰的異形同構》，胡余龍，《區域文化與文學研究集刊》2020 年第 2 期。

《現代四川邊緣作家研究》第二章《王余杞：左翼視域中的鹽都觀察》，李怡、康斌主編，巴蜀書社 2020 年版。

2021 年

　　《別樣書寫：川籍作家對左翼文學的突破與構建》，魏紅珊，《中華文化論壇》2021 年第 1 期。

　　《每一處邊緣都是中心——〈王余杞文集續編〉代序》，李怡，《現代中國文化與文學》2021 年第 1 期。

　　《對韋君宜〈憶「天津書局」〉一文的補正》，倪斯霆，《新文學史料》2021 年第 2 期。

　　《家族史、地方志與革命書寫——歷史深處的「自流井」》，鄒佳良，《當代文壇》2021 年第 4 期。

　　《王余杞評傳》，王發慶，花木蘭文化事業有限公司 2021 年版。

2022 年

　　《王余杞集外文輯述》，聶思凡、張武軍，《新文學史料》2022 年第 1 期

　　《王余杞〈黃花草〉的個性變化》，譚謀遠，《中國現代文學論叢》2022 年第 3 期

　　《王余杞戰時寫作的區域路徑與現代中國》，李琪玲，重慶師範大學 2022 年碩士論文。

2023 年

　　《1936：王余杞與梨園公會的義務戲——以〈北平的義務戲〉為中心的考察》，徐璐、楊華麗，《中國現代文學論叢》2023 年第 1 期。

　　《自流井的成型與西南邊地的發現》，李琪玲，《區域文化與戰時中國文藝》，重慶出版社 2023 年版。